缺口

正是美の開始

璀璨旭日，由山谷緩緩冉昇，而後光芒萬丈；

面對風雨渡口，奮力泅過，人人都是發光量體。

巫守如 著

輯一、微笑美濃——

那年仲夏，妳熱情洋溢，微笑奔跑在美濃綠坪，夕陽下，風過盈耳處，青春，染暈妳雙頰，有如園子裡紅蘋果，輕拭妳淡淡憂傷。

輯二、這裡的山—

這裡山的線條很孤傲。橫看成嶺側成峰，頗似觀音酥胸挺，一浪又一浪，浪浪相連這邊到那邊；也似沉睡夢幻女，安靜典雅又端莊。雲月之下全是少女情懷舞春風。

輯三、路過的鄉愁——

花蓮夜市，炒螺肉、雞肉飯、鱔魚飯、排骨酥、豆花……，小販叫賣聲，此起彼落。那熟悉滾滾人潮，燈火通明市集……，宛如嘉義文化路夜市和東門市場，一幕幕……，彷若路過的鄉愁。肯定，今晚一定夜不成眠，跌落惆悵異鄉心。

輯四、昨日風景——

時光之河不停流著，往事不斷倒退著……，一列光陰火車搞擱淺，停格昨日風光，模糊了她的臉。此刻，她只是一道過時風景罷了！縱然，前方有美奈何！已經不會有她。

輯五、野地炊煙——

相約吧！貴州內蒙古去。三月滿山遍野杜鵑鬧，點點白、點點粉……。寬廣無邊草原上，夕陽迤邐的遠方，忽然，駛來一部馬車，上頭蒙面女郎，揚鞭馳騁嗆嗆嗆呼嘯而過，奔向駝紅落日，風沙捲起她烏黑秀髮，留下串串野性輕笑——。

四分之一的世界

妳從不孤單，只要與文字同在。

成長於蛻變年代，尊師重道似已成古諺。執大學教鞭已25年有，看著世代交替下的莘莘學子，日新月異，於近幾年來特有感，尤其，3C年代崛起後。每當走進大學課堂，無論是選修或核心課程，前五排一定不會有人入坐，專心聽課者也不多，三分之二的學生幾乎低頭看手機或平板，哪管台上言者諄諄，台下是聽者藐藐。此刻，睜閉眼哲學，是一種必須，也是考驗講台上老師的功力，心跳不須加速、血壓也不必飆升，這現象早已習以為常，更是時代進化下的年輕傲慢。

冷默，已淡化人我間的距離。尤其，當快閃族及淺碟文化，交織成無動於衷，築起千禧世代人之心靈高牆，甚至，有的連寫字表達都有困難時，就別談讀教科書了。文字退位的年代，閱讀文章，對這世代孩子更是奢求。

彷彿隔著一層山的師生關係，唯有在一場又一場專業演講中，得到熱烈迴響與愛的回饋，方感受到學術界溫度仍是存在的。

而，如何挑動新世代興趣及視覺味蕾？讓他們願意為文字情人停格、融入、放空、咀嚼，這和由小教育養成有關。從小，就該讓閱讀成為一種習慣，會考試的孩子不等同會喜歡看書。如何仔細品嘗每位作者一篇篇，經過生活發酵的體悟、淬鍊而成的精髓，成為自己精進的葵花寶典，也是世紀人必須強化之心靈成長。甚至，激化出同儕及網路世界討論話題。

缺口，就是動力，知不足而後急起直追。人生哲學沒有十全十美，沒有所謂理所當然的框架模式可循。唯有穩扎穩打，各憑本事，踩出生命正價值。

當歲月推移，人人終須面對漸老或退休問題。學習自我轉移調適，相信一切美好來自心中、努力源自缺口，而欣然接受漸老和圓缺的歲月，方是紅塵一趟美的輪迴。

內文中，多有著墨點是—主管領導風格、風骨及職場點滴。深切感悟，當權力攀升過程與人性被過度包裝失真後，如何從狼性回歸正常人性，端看為官者良心及個人修為。字裡行間，作者用點滴文字投射對人性本質的探討，期許人人揮出生命中之好球，讓地球更美好，也是一場期待中之「生命饗宴」。

尊重，是人脈第一把鎖。的確，在大學講堂四分之一的世界，越來越看不到換位思考現代人，當商業宣傳氾濫，放山雞的哀怨，凸顯出網路世界過度虛擬的假象及網路文盲日益漸增的可悲。身為現代人，也許有放慢腳步，適度省思及校正回歸輪常秩序之必要。

要成為優秀之前，必先接受平凡。的確，文字，可以是祝福，也可以是動力火車，如果你(妳)夠優秀，你(妳)當會懂得欣賞咀嚼內文，而後吸收成長，而後圓融出色；文字，同時也可以是子彈，如果你(妳)夠威武，倚它前行，它，是可以貫穿心牆無堅不摧，成為一道養分的。而後，讓你(妳)獨步超群。

回憶，總落在每人思鄉傷口上。歲月如梭，轉眼蒼白。成長過程對表姊一直不陌生。雖然，彼此各處南北二地，唯有過年時節，一定和台北雙親探望嘉義市的老人家，並繞道姑姑家(亦即守如表姊的爸媽)。記憶中，親戚一年一會，肯定開心，百般期待。當天，一大早即前往打擾，會先於她家偌大宅院閒逛一番、審視一下當季翠綠果樹後，土狗的迎賓聲、人潮聲已吵醒屋內蚊帳裡，尚在睡夢中的一堆堂姊妹。守如表姊總率先掀開蚊帳，睡眼猶惺忪，即興沖沖開心地加入我們行列，就這樣大人談大人事，小孩玩小孩事，把年的味道吵得很濃郁很沸騰。如今，各自天涯，自擁風華一片天。

印象中，她由年輕正茂，走入婚姻又走出婚姻，命運對她非常考驗，又遇到之前九二一新莊強震致房屋倒塌⋯，凡此點點，眼淚擦擦，她都正向面對，不悲春傷秋也不坐困愁城。紅塵滾輪，來去一回，總是每人都有功課，該償還就償還，一切順命！

不過，現在的她，已否極泰來！找到一個永遠的「文字情人」當伴侶，令人放心。尤其，今年這本小散已是第十七冊，出版種類滿多元的，有小說、新詩、散文⋯。於她身上，的確，看到文字力量不容小覷，是寄託、是滴水、也是茶飄香！於苦難中享受繽紛看繁華。
誠如，一隻雨中蝶兒銜感恩的眼淚，穿越千里之外，看多情的夢之城、楓之鄉，早已甩開，背後風和雨！

凝望一輪月，嘆！千帆過盡，世代更迭，昨心今心，惟月真心！

高雄師範大學教授　陳士賢　謹書

于2023.04.02

邀序 二

信手拈來歌當詩

雨水 我問你
放阮一個人 是為啥
望著大海 真得好想你
把 悲傷留給自己
三生石下 想著
昨日的 外婆澎湖灣
今生 愛過的人
今晚
心願 星語 暗哭泣
朋友別哭 只要 你還需要我
若是紅塵有夢 期盼
再來 人間走一趟

衷心 祝禱
最遠的你 是我最近的愛
可可托海 的牧羊人
想得到 看不到
只能
　遙遠寄相思
某年某月 某一天
吃了秤陀 鐵了心
下定決心 忘記你
別知己 說再見
想你的時候
　問月亮

台北市政府工務局總工程司 李文芳 隨吟

于2023.04.11

文字情人

山。佇立繁華以外，凝視城鄉景緻十分傲然。

馳騁書海，除了翩動、舞動、律動，更有那深深的感動。因為有你（妳）們，讓我孕育一畦又一畦文字良田，恰似——一首又一首思想起！

感謝蒼天，文字路上，不但送情人又送夥伴、送紅花也送綠葉，精采萬分，迤邐閃爍。

擇友路上，我形容自己，彈無虛發，從沒浪費，所遇皆是菁英、精銳、貴人，總在關鍵時刻，仗義出手相助。雖然，偶被一些「無知」小出賣，不過，仍不減對人性的讚嘆！尤於去年初，換屋時的尾款錯估未計入預算，還好有信貞、筱青、金燕……等貴人奧援，終得以圓滿順利交屋入住！

文字路上，我也像極一部無人機，精準穿過山川風貌，飛向千里之外，越過一座又一座城池。雲河之上，我望春秋多情，不斷對我放閃，處處有題材，無處不靈感；也像開路先鋒，筆路藍縷、披荊斬棘，隨處是綠野仙蹤，誠如春天，串串花序，編織的是一筆濃得化不開的文字相思。

一個人不能離群索居，方寸內外，一定有親朋好友相伴，有知己莫逆相知相惜方成圓。於是，我看見希望之光沛然瀉下。那是靈魂澎湃、信心倍增，人外有人的震撼。

尺有所短，寸有所長。聞道有先後，一本書之成就，是工程浩大，方方面面疏漏不得。凡內文取材元素要夠、水平要足，尤其，題序人的入門引擎、打字、校對、潤稿、封面設計、編排⋯，無一不是功夫力道。感謝我有一「群策群力」超棒團隊，還有，法律顧問江彥希律師的永遠不棄情。尤其，打字超人紹華，必須克服筆者字跡龍飛鳳舞的障礙，耐心以對零脾氣，隨時趕工出貨，從不眉皺；校對眼人事玉女，也曾是國文老師的韻嵐小姐更要騰出時間，隨時接受筆者挑戰、騷擾，提問關鍵語詞用法，不但傷眼力也傷神，明道帥哥粗獷外在下的細心，不但除錯度精準，也是一位有內涵年輕人，凡此種種，都是艱澀不好搞任務，可他(她)們均不厭其煩鼎力相助。莫非均是前世好因緣、菩薩來神助？她們有一共通點，人人都是專家達人，不同領域不同專精，也是公務以外的繽紛花絮。也感謝普林特的超優質編纂風，一本更勝一本。

在此，另闢一區塊，感謝今年題序人，高雄師範大學陳士賢教授恢弘文字，年輕給力，有如遍灑甘霖處處春。師者，乃春風化雨，悔人不倦。士賢教授，教育界之光，講座遍及大江南北。從小白淨聰穎、活潑討喜，長大後，文質彬彬，符合高富帥一族。一直是資優生、也是人生勝利組，因為舅舅一門好基因，加上他自己努力，一路扶搖直上。終於，站上學術界頂端浪尖，種桃種李種春風。讓這身為表姊的我，也沾一沾他的講堂魅力與風采。另一題序人，是一位被公務界耽誤的歌手，李文芳總工程司，是公務奇葩、也是工務之星，感恩以歌代詩贈序乙幀。雖位高權重、面酷心善，從不以官階逼人，心中自有一把尺，是位愛民如親、有容有德簡任官，處理公事，有如泰山崩於前面不改色的沉穩，績效有目共睹。不遷怒不貳過，幽默過人，不鳴則已，一語驚人。平日似一個無聲寶寶。對同仁友善友愛，人人以朋友相稱。並於閒餘之暇，默默養超然興趣，自彈自唱出自己一片天地。幾乎排除任何大小宴酌勤練自己的最愛、以二天一首驚人速度，讓喜歡小調歌曲的我，嘆為觀止！此能耐惟天才能及。凡：國台語、新歌老歌，一首又一首，除了與家人、同仁共賞外，並集結成詩篇乙則，精妙絕倫，讀後方知文武並序太驚人！若說青山為藍天裝扮，那麼，他的人生則因天賦異稟而飛揚。感謝另一明日之星，今日之青松，並於今年，方奪得熱騰騰模範公務員的張毓麒股長，除了公務領導自有一套外，耐心善待屬下，有教無類，尚寫有一手好字。早有耳聞，他的文字有如天之寬地之廣，遂於上一本書出版時，即預約他的文風筆墨，題詩背封幾幀，果然，拍案叫絕！

和對的人相伴同行，才能活出好模樣。人生旅途，朋友要把握。磁場不對的應立即閃離，上班時間只為公事點頭，下班即失聯；可是，有些貴人、老師、朋友卻要緊緊抓牢。不離方寸，是為汲取對方日月精華，複製對方智慧，知道那會是一座智慧寶庫，相遇一次、收穫一次、失之不得！

自九二一後，上蒼送給我一位沈默「文字情人」，由投稿、寫專欄到出書，沿途風景旖旎，悠美迷人。除了早期被退稿的小難過，己化為精進養分外，一次一次淬礪提昇，終於，擁字聞香。

若為盛開，何妨忍冬耐寒迎綻放。尤其，在出書過程，二十多年來，經歷時代轉折、出版社興衰和電子書的崛起，紙本書漸漸泡沫化之下，依然堅持所愛，一本又一本，至於盈利且再說。唯以一份固定薪養下半輩志趣。

日子，要和懂你的人一起過，才叫值得。每本書就像自個兒孩子，誕生前必經許多陣痛產檢、不斷潤稿修正。嗜字如癡的我，若非是一份寄託，一份興趣，還有一群朋友情義相挺…是很難堅持的。一路往前奔跑，因為，前方有星和月；因為，一路有（妳）你們。

文字路上，一步一腳印，沙灘上，溫暖的晨曦，因文字──被踩出一團熱情；憑欄處，美麗夜晚，因文字──被倚成一汪醉月。

不寐城郊，我看海平面多嬌。親愛的朋友，文字路上，感恩有你（妳）們！祝福妳（你）們──歲歲平安，日擁美夢夜夜香。

輯一、微笑美濃——

那年仲夏——
妳熱情洋溢，微笑奔跑在美濃綠坪。

夕陽下，風過盈耳處，
青春，染暈妳雙頰，

有如園子裡紅蘋果，輕拭妳淡淡憂傷。

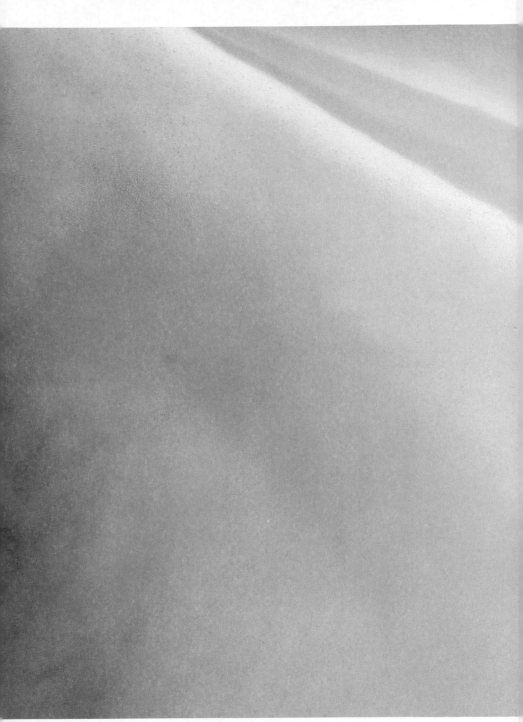

舵手

生命激流，混混沅沅，人人是那最美麗無槳舵手。

芸芸眾生，每人角色，都該為隨時做自己主人而驕傲，是舵手也是領航員。波濤洶湧，乘風破浪，過關斬將，歷經層層驚層層險，終於順安。

面對終身學習年代，活到老學到老。天地遼闊，掌舵人，不必智慧過人，不必學歷傲人。熟能生巧，無論市井小民、達官顯赫，自有一套生活哲學、經驗法則。且談，街邊行乞者，也有一套自己求生之道。啥時間、啥地點……，是人潮匯集流動最高峰，心中自有一把尺，掌握精準，才能滿載而歸，杯滿皿滿。就連跑警察也自有一套對付方法。

「一百次的精采，不敵一次失分」。舵手就像守球員，壓力破表。與槳手必須齊心齊力，換位思考，進退間榮辱與共，更是團隊精神的展現。

一個好的掌舵人，視力是引擎，心臟是油門。穩定航向，必須靠陀螺儀；穩定路線，必須靠心和眼。以雙手掌握方向盤，目的地是夢想家也是靠岸。

心夠有力才推得動槳，恁東恁西自由行，眼光和執行力決定航程寬與遠。誠如：灑種籽人春耕秋收，汗水與淚水付出的多與寡，決定收成良與否？

飛得越高看得越遠。一隻海鷗，千山萬水，優游自在翱翔，彩羽翩翩，領略天地浩瀚，俯瞰巍巍山川風貌、綠野平疇。終於，將美麗影像繡畫天空。

一個目光短淺的人，即使將之投置寬廣海洋，依舊嫌天地狹隘，處處迷航，有志不能伸；一個雄心大志的人，即使走在鄉間小徑，隨時都會有起飛的心，怒放的生命，隨時期待奔騰。當回首，往日就成記憶中美麗的漣漪，有歡有淚；有艱辛有坎坷，幾番風雨起落，誠如雪花繽紛，落地無聲，看青山晚塘醉人心。如詩如畫曾心碎，那是，激情過後的絢爛。

人的一生不只喜樂一次，痛苦一次，就在無數次悲歡中，享受風雨，跌倒了再爬起，一次次……，修正再修正，去蕪存菁，臻至完美。終於，悟透唯有終極雪地，方能盼得梅花撲鼻綻，縱然曾經血淚，也淒美得欲語還休了！

舵手，像蠟燭也像明燈。一支小小蠟燭點亮不了全世界的漆黑。唯有，人人燃起一盞自我心燈，方足以照亮地球村各角落，處處閃亮熠熠，鳥語花香。

掌握心的方向掌握命運，但願人人是那扭轉自己乾坤，掌握幸福方向盤的紅塵舵手。天天是快樂的啟航，回航必定天天開心。

放山雞的哀怨

但願，今晚的天與地，是放山雞真正柔軟思夢蓆，好夢連連。

「這是搭早班車的放山雞，請讓一讓呦！」那是幾年前在陽明山上班的同事寫實口述，假日以外，每日五點卅分早班車，上班族一定得和偽放山雞搭同班車上山。一上車，駕駛即不斷不斷叮嚀：「趕第一班乘客請小心哦！要抓牢扶楨，別壓著放山雞」。

那時候，所謂的放山雞，是和人潮每天清晨由山下搭早班車上山，偽裝放山雞肉，供給山上土雞城餐廳饕客大快朵頤。因為放養速度趕不上饕客口腹之慾，只好以山下飼料雞取代。善意圓謊，是滿足人類預期，無罪啦！客人也被騙得好開心。

真真假假年代，處處充斥著假象、說謊已成性。宣傳更是行銷高手段，形象包裝己是另類傳遞價值觀的媒介，就像化妝的少女，原始真面貌己不見。在時令品牌設計打造、醫美正盛行之下，人人是美女。說謊已成習慣的紅塵，放羊的孩子一堆，處處是趕羊人，地球村成了變相的清淨農場，簡直不好笑。

也因此，衍生枝枝節節許多社會亂象。在文字演繹、高話術修飾下，似是而非。比如：

牛墟已不是專門買賣牛隻場所，而是一處賣雜貨市集；溜鳥俠已非真正提籠溜鳥人，而是暴露私處、處處被追趕吐檳榔汁的渣男登徒子；牛肉紅包場也不是賣牛肉，而是一種獻給燈紅酒綠娛樂場子的紅塵女子，衣衫總是減法穿著，視袒胸露乳為尋常；交際花也不是一朵花，是一生張熟魏的高級殘花敗柳女性，還有，大白天竟有人持真槍，將商家當打靶場操演，擾亂社會秩序不說，更製造恐慌。

斜槓年代，不只包裝商品產物，還要擅長推薦自己，包括正推反推。如：「網頁」是專門經營設計，有助企業形象推廣度；「風格」是企劃主訴求，必須與眾不同，獨樹一格；「感觀視覺」是商業眼睛，主攻人心；「經濟考量」則是軸心引擎，期能一飛沖天，熱銷百分百。更重要的是，懂得分寸的包裝自己，讓人於群眾中瞬間吸睛。尤其職場，適度裝扮是禮貌。凡：氣質、儀態、談吐、舉手投足…等，都是加分元素，取得優勢後，再談績效，有如百花爭鳴，爭相怒放。包裝千千，莫不以取悅來往視線為優先考量，讓所到之處皆藝術，讓往來人潮皆生動活潑，以達樂活都會水平。問世間何謂是真？若不矯情解讀，那就是回到人性原點，懂禮義知廉恥、寫誠正篤信實。可是，好像已回不去了。

期許，放山雞於被行刑前，能享受一趟人間思夢蓆，徜徉真正草原上。也不枉此生一回。凡生命平等，或許哪天，地球村的雞鴨魚鵝命運，能等同人類寵物般規格，同享人間天堂被抱滿懷的待遇。

就讓山──永遠美麗青蔥，只為等待哀怨放山雞真正回防那一刻！

承擔與肩膀

為官者最重要的是肩膀，而承擔更是為官該具備魂魄。

「有事就鍾無艷，無事就夏迎春。」這是考驗一個為官者的良心，人難免有疏失，豈是一句──千錯萬錯都是別人的錯打迷糊仗？有權，更該掌握有節，分寸不浪費，而不是濫殺無辜，揮霍無度。

人生，贏在和氣；毀在脾氣；成在大氣。帶人帶一顆心。人人都需要掌聲。高壓手段，鎮不住都會人一顆驛動的心。玩二面手段，更是自毀前程。鼓勵與包容，才是職場正確語言。

良禽擇木而棲，若為不同流，何彷拂袖覓強棵？動不動就是殺砍罵或咆哮、儼然潑婦罵街般，讓一些優秀菁英，一隻一隻飛走離去，留不住的是向心力，留下的是眾叛親離。動輒拋出一句—要留就留下好的，不好的就汰換。殊不知有句話說得好—沒有教不好的學生，只有不會教的老師，當下，最該汰換的就是妳。

妳沒有文官人該具備的素養和美德，只有集人性的惡於一身；領導統御更是不懂，只熱中勾心鬥角搞小圈圈，處處安插伏兵竊小道。見風說風，見雨說雨。強人面前裝楚楚，弱者面前偏霸凌。順我者留，逆我者滾，以致整個團隊劣幣逐良幣，一個不如一個，良莠不齊。又不懂縮小自己，只顧放大自己的醜態，已失去一個身為主管的風骨。

人非聖賢，錯了改過修正便是，而不是強詞奪理，死不認錯傷及無辜。屬下是替妳執行命令，為妳賣命的，妳更該傳達正確指令，而不是口無遮攔，選擇性的不公，千錯萬錯都不是妳的錯。用人不惟才，視奸佞為寶貝、擁敝屣為珍珠。

將心比心。平凡人並不懂得在炎炎夏季，水底小草的滾燙與垂死邊緣的掙扎。哀哀求救，只有心中有愛有慈的長者才看得到，而後罷手！

既是長官就該概括承受，立刻修正，而不是諉過於人。痛下針砭，旁觀者清，有些事若要人不知除非己莫為！人品就是代表人格，一個無品德的人談什麼管理？先管好自己行為再說吧！

不仁不慈的長者，就像沒有「線條美」的愚山一座，毫無美感可言，只是濫竽充數罷了！就是一隻會說話的動物而已。

折翼的翅膀

人的可悲，莫過於縱己之惡而不知。

善良，使人高尚，抬頭挺胸，不做害羞事；囂張，猶如一支箭，逢人就開射，讓人退避三舍，人見人閃。

職場，曾經以為妳是一隻無辜含淚天使，而我是那為妳擦乾淚水、添上翅膀的旅人。期待妳美麗、茁壯、自愛，飛得輕安自在。以為上天給妳一份責任，妳應扛得起，背得動；以為妳已準備好，職場乃修練道場，趁機修身養性、造福人群。

可是，偏偏妳喜扮魔鬼，樂見哀鴻遍野，見利忘義，搞到自己滿身腥羶，灰頭土臉，讓周邊氛圍烏煙瘴氣、讓同仁以懼怕取代尊敬。事實證明妳扛不起的是能力，背不動的是我初始的期許，更是我一廂情願的錯判。既然扛不起，就讓老天終止你的責任吧！讓權力的傲慢到此為止。

馬克吐溫說：善良，是可以讓盲人感受得到溫度的；可是，善良，是會讓沒有良心的人無知無覺也感受不到的。只會得寸進尺，步步進逼，利用他人善良，成全自己的進階幸福。

有人說，搭救一隻野犬，勝過救人一命。收留一隻又飢又餓殘破不堪的狗，牠尚且在關鍵時刻不反咬妳一口，就是「知恩」；而幫助一個只會以鱷魚眼淚當武器的人，到頭來她會是一頭猛獸，第一個撲向妳，這就是「忘義」。也是人與狗最大差別，更悲哀的是人不如狗。

因為知識水平不夠，所以內心貧瘠，活出背叛人性、活出醜陋嘴臉、讓生命存摺成負數。

一念善，放眼處處是天堂；一念惡，所到之處皆地獄。善與惡之連通道便是一顆紅咚咚的「良心」。

告訴自己——

智者，隨時內化自己情緒，不浪費時間在無謂。曾經承受命運重擊的人，更應珍惜當下分秒，明白是是非非都只是鏡花水月，天地間自有一把尺，善惡終有報、因果也不饒人。忘了人性的惡，笑看人性一張臉。期待妳找回那支被踐踏殆盡、折翼的翅膀，偕同良心，飛向彩雲間、帶著淑人的心，灑向晚霞滿天，且懺悔且收斂。

人的價值追求，並不在於名與利，而是襟懷坦白、玉潔松貞、明德惟馨、喝采不斷。

做個坦蕩優秀人

人與人之間，尊重，是人脈第一把鎖。

尊重所有人，是基本教養好、是家庭教育好。

魯迅一則話破除人性迷思與傲慢。他說：我以為別人尊重我，是因為我很優秀。後來才明白，別人尊重我，那是別人很優秀。原來，優秀的人對誰都尊重。尊重對手是一種大度，尊重強手是一種欣賞，尊重弱者是一種慈愛。

也看過一句話，尊重每一份生命，無論它是如何卑微可笑，都要以平等看待之，不應有分別心、差異心。

待人恭謹——敬是第一步。每人都是一道風景，人人都是生命中最美的流動驛站。擁著智慧圓融，迸放生命光華，敬它神聖，愛它自在。

孝，是德之本；家，是樂之始。父母是最值得我們尊敬的活菩薩，父母恩昊天罔極、敬老尊賢、敬老憐貧…。兄友弟恭，修己以敬—自尊自敬、人尊人敬。人際關係是雙向的，要怎麼收，先怎麼栽。眾生平等，求同存異，以德報怨。恕，也是追求心裡平靜的一種境界。更是不輕慢、不苟且。

尊重當然包括信用、寬恕、同理、規矩。一個懂得自愛的人，才會懂得尊重別人。人必自重而後人敬之，勿因挫折而退縮，那就是不尊重自己、自暴自棄了，更是對不起生命。講究承諾的年代，無信則不立，一諾千金，準時提交也是一種美德。

對人充滿敬意是美德。全球70億人口，來自不同風俗、國度、宗教，就必須彼此接納欣賞。子曰：里仁，守望相助，鄰居彼此互相扶持，人人和睦是宜居城市的幸福指數。世態炎涼，以強凌弱—尤其，窮人、難民、殘疾人士、老人家、歸屬無權無勢一群，沒有威脅殺傷力，所以容易被人忽略欺負，更該被保護。

人之美，美在要有憐弱悲憫之心、有欣賞別人風光的雅量，而不是專挑負面評語。好話一句也是話，壞話一句也是話，何不人人能做到孔子：立己立人、達己達人；孟子：老吾老以及人之老—那才是人性光輝。現代人因為科技發達進步，人已不記得隨時更新己心。

換位思考，也是美德。交換訊息也要同理心，切勿造成別人困擾，如：傳輸一些3C圖片，更要以不打擾對方為原則，千萬勿將美意成為別人的負累，這也是犯了不尊重。希望，人人是地球村一道最美的人文風光。

風姿綽約

買房，除了買好鄰、好景觀、好品味，還要買它個風姿綽約。

處處摩天大樓、高聳入雲。初邂逅，第一眼即愛上你，最想與你共晨昏共日月。因為，你是美得如此驕傲、美得如此脫俗。擁有你，就像擁著歲月香檳，不飲也醉。有如君子玉樹臨風站天地，也如舞動仙子翩翩然！你本該傲然無瑕，可，卻不小心被風沙牽絆，以致朦朧。

詩人喜歡尋幽訪勝，因為山水有知音。一森啊！一森。與你深情有約在一一〇年二月的山海間，承上蒼厚愛，交下一支彩筆，讓我寫下對你的千言萬語；親吻你，讓我見證海的魅力、山的曼妙。並於我心深處，收藏海天一片，晴天雨天都有它愛的語言。尤其，入門社區的禮賓群，各個年輕、莊重有禮，令人舒心。山與海，一直醒著，只為等待有情人造訪，所以我來到。

專家統計，人一生中至少換屋一、六次，而我顯然已超出。尋尋覓覓中，不管是主動被動，最大收獲是，於買賣過程中，我讀人性風光各不一，有溫暖、有狹窄、有疼惜、有心痛，最是不能接受是信任中的背叛。由完全信任中，看到人性另一面，爭功諉過及交屋前後的二種臉譜，還好，瑕不掩瑜。人並非完人，哪個人不是錯中學、學中覺，一次一次精進成熟改進，臻至更美好。

買一棟樓房並非小事，各個環節若能遇到貴人相助那是最幸運。除了頭期款、借貸款、還款能力，增資⋯⋯等等，需親力親為仔細盤算外，更遑論過程、建築物的基本硬體配備完善與否？如：找設計、添購傢俱、動線規劃⋯⋯，方方面面無不是學問。尤其，上班族要找到上乘設計師再委以重任，更需要勇氣，也要運氣。環環相扣，期待—雅房能因有良心設計師巧手而加分，成為動人詩篇，讓家是每天的呼喚、渡假城堡，也是安心窩。若找錯設計，如鯁在喉，吞與不吞皆兩難，最差狀況是善後維修求助無門，動輒咆哮、相應不理，讓本是鮮豔欲滴的一朵鮮花垂頭彎腰。最後，只好自己花錢找修繕或由社區工務部門接手善後(在此，並向社區林經理、領班蔣主任、馬先生深深道感謝)。

不凡，來自出眾教養。大部分人，都會為自己的疏失卸責。告訴自己，千萬別在壞心情中逗留太久，轉念，回甘，是成就自己也是成就他人。

缺口，正是另類「美」的開始。這棟淡水河邊指標性雅筑，在我加倍用心縫縫補補後，依舊穩若泰山，美輪美奐。也是一幢心情港灣，蘊藏著忍辱、大氣、典雅，撫慰我疲憊異鄉心。陽台上，除了眺望山海、飛機、輕軌、漁船、星空、煙火⋯⋯，我更眺望人性良心的黑與白美與醜。

愛無悔！是我對你永遠的深情。

幽會三點半

地下情，是湖面上一片漣漪，美得淒涼短暫。

錯誤的時間，遇到不對的人叫偷情。天底下沒有永遠的情人，現今社會它有另個名字叫慣犯。飲食男女，一旦染上，即成癮，一個接一個。恐怖平衡，是以不破壞現有家庭秩序為原則，也是彼此的相互制約。臉皮，是她們的不在乎，只要銷魂，啃那罪惡的骨頭，總不疲憊。因為，梅龍鎮是永遠燈火通明不打烊的。

海畔有逐臭之夫。婚外情，它絕對不會是一輩子。搞得好，是二月的冷雨澆濕了一夜街燈，酸甜中帶狼狽；搞不好，像一把割稻鐮刀，瞬間一無所有。

地下情人，是介於元配和丈夫間複雜關係。比元配多一分新鮮度，比朋友多一點關懷。因貪念擦出錯誤的火花，你糾我纏，各取所需，激情過後，棄之如落葉，然後各自飛去，再尋下隻獵物。目標，同好。

「一分快樂，九分痛苦。」一日不見如隔三秋。偷偷摸摸，偷得日常些些甜滋味。也是不當竊得的幸福和牽掛，彼此的默契是，善用障眼法—瞞天過海。

真正情人關係是你情我願，乾淨、聖潔的。不以彼此肉體為終極目標。是心靈提昇，也是靈魂寄託。彼此策勵未來，聊天說地，有談不完的話題，相聚時刻，難分難捨，相互鼓舞，是正加值正善緣，亦堪稱紅粉知己。

反之，只存利與慾的關係，雙方相互威嚇，是丈夫或妻子以外的秘密。幽會場地常常是偏遠隱密或餐廳⋯，或假聖潔之地行真偷情秘境，幾番糾纏幾分黏，情人眼裡出西施，王八配綠豆，妻不如妾、妾不如偷⋯，所以刺激。

這種不端不正之人，通常都是習慣性的偷吃，彼此絕對不是唯一，也不會是最後，喜新厭舊，時間會冷卻姦情。儘管家有嬌妻、丈夫或孩子，死會活標，是都會人樂此不疲的粉紅追逐，願打願挨，雖身敗名裂也甘願。

不當的相遇，正是一場美麗的錯誤。小三、小王更是他們另個綽號，當局者迷─白天也挑燈─裝清高，打死不承認彼此曖昧關係，都是旁人不懂他(她)們，盡情活在颱風眼寧靜中，無視外面風狂雨驟，封閉的職場更是不被允許或鼓勵的。而相約三點半的浪漫時光，也不應屬於齷齪的妳們該擁有，莊重的上班場域更不該被褻瀆。

親人，是上蒼注定；愛人，是緣分邂逅；戀人，是相見恨晚；情人，是感情慰藉；而地下情，則是自掘墳墓，人格破產。

人生最是悽涼，有緣沒份一段情。曾經愛的纏綿悱惻，到頭來終是空、終是醜。說穿了，動物交合，相互利用罷了。殘愛，奇臭無比！像溢出的餿水滿地人人閃。

回頭是岸。套一句佛家慈心用語，世界上沒有壞人，只有做錯事的人。迷途的羔羊啊！回家的路才是最美、最心安的路！

何必嘆息！

漸老的歲月，千萬別為了討好別人，弄丟自己。

活給自己看，一切隨緣，緣深多聚聚，緣淺隨他去。於變老路上，學會賞山、賞海、賞落日；於變老的路上，學會看開、看淡、看滄桑。比的是健康。

紅塵一趟，人人都是向天借齡。老天不可能借你三百年，如何用一顆通透的心，填滿短短一百年人生路，修築自己的人生風景？不虛耗、不空過⋯。樣樣無不是學問。

願做風雲淡，不為名利苦。春花秋月各有美，關於成就，知足就好。尤其，兒女成就不攀比、不計較、不抱怨，比上不足、比下有餘，但求盡心盡力便是好。天生我材必有用，一切因緣天安排。人生是門功課論，一半為子青翠，一半為己深耕。如何做到漸老歲月，不給兒女添累，不給社會添負擔，那就是—多愛自己幾分，好好活出硬朗、活出精神抖擻。

何必嘆息歲月太窄瘦！日子不必太奢華，打造生命長度與厚度最重要，知足的人是由超脫物質享受，得到精神上的進階。你若優秀，老天自會有獎賞；你若膚淺，必定活不出亮度；你若居心不良，處處算計，好運也將隨之離去。

所以，人的念力和願力成正比，有好氣場方能吸引好能量。學會樂觀，別活在他人眼中、口中。因為，那只是穿堂一陣風、穿過的一件衣裳罷了！過客，是不必眷戀的；雨滴，也因風吹乾無痕，不必多情。自己的生活自己品，合度便是好。

人來人往，緣起緣滅。他來，黑夜——提燈相迎，他走，雨中——撐傘相送，問心無愧，何需掛愁？再談捨得，有捨有得，擁有青春，不代表擁有歲月。自己青春顏彩自己塗，自己的歲月自己讀，慢慢回甘。張開雙手，擁抱世界；緊握雙手，一事無成。幸福多寡，來自心態正確與否？一人有一人風光，眾人風光眾人賞。

漸老的歲月情願緘默，多點簡約，少點複雜；多點歡樂，少點悲傷，好好打理自己，別為了白天，討好夜晚，日夜顛倒。別人不喜歡我們，只要問心無愧，就讓他自己找答案去，歲月自會告訴他，不須為今晚天空暗淡無月而傷心。

量力而為，體能不夠，不要強迫自己上高山。誠如，沒事別在異鄉追夢吟詩。否則，徒增鄉愁罷了！望前方海平面浪花，朝我奔來，吞噬多少前塵往事，浪淘盡多少愛恨情仇。數不盡的——除了感傷還有感恩！趨老的歲月，惟有笑容健康抓得住我，情濃也好！情淡也罷！掌握心情掌握春。

此刻無語的，該是夜。

她。和她的酒

酒。是她的生命情人；也是她一輩子重磅盟友。

一談到紅酒，她就像隻奔放林間、眉飛色舞的七色鳥。是釀酒師，亦是品酒員。掠過婚姻，育有三子：有醫生、有大學教授、有尚就讀澳洲大學生，各個優秀。她是天生品酒大師，遺傳來自其母的品酒內涵，天賦異稟，約莫三十歲左右，凡酒汁入口，即能嗅聞出配比、年份、成份…。於是，興趣帶動求知慾，一頭栽入紅酒世界。鑽研、深化、發揚光大…，成為當今一流頂尖—品（釀）酒師。

酒不亂性，品酒不醉真高人。品酒之前要先搞懂酒。而酒序是入門深學問。首先「醒酒」是必要，倒入杯中，喚醒酒汁原味去周邊異味，讓酒香四溢流竄；再則「觀酒」—讓酒色入杯入心扉，靜視它的晶瑩剔透；三是「品酒」—輕握光滑高腳酒杯，入口前先聞其杯香，啜飲小口舌尖轉，深深吸氣再下肚，此刻，腦門回香沁心鼻…。

一名釀酒師，跟著葡萄走過多少春夏秋冬、走過多少人情冷暖。

不談滄桑，活到老學到老。今年她以逾五十之齡更上一層樓，上了玄奘大學研究所，於一百人面試只錄取五名菁英中脫穎。深入心理學，結合宗教研究「缽」的精神，納入音療法，臻至疾療人心，期對人類有所貢獻。

有一知名米其林餐廳、唯二法籍年輕侍酒師說：我們的領域，百分之七十是心理學。走入客群心裡層面，方能調出各色各樣入舌尖的好酒款，拿捏紅酒準度。客人上座，不必滔滔不絕，而是讓客人靜靜享受酒汁入心的陶醉。盡興而歸──是侍酒師最大使命。

記得，多年前，曾隻身飛往世界各國交流學習酒文化，精進、深耕、取經⋯⋯，途經法國，巧遇鄰國冰島火山爆發，於當地被囚了一個多月，意外多學到好多紅酒知識，同時，也目睹了難得一見法式美景。

她，就像飛行釀酒師，經年穿梭南北半球，前二年因為疫情關係，只能望月歸鄉路。今年疫情趨緩，回鄉短住幾個月撫慰思鄉苦，暑假即飛往南半球極凍的雪梨客鄉。10多小時旅程，歷經酷暑與酷寒兩樣天。於氣候差異懸殊的行李箱內，雖正值炎炎夏季的台灣，仍必須備有厚重寒衣，一下飛機，即裹著大外套，奔向異鄉築夢的窩居，風雨中，命運逼她強大、不斷綻放信心。因為，那兒有她的夢和許多孩子在等候。她形容每瓶酒的誕生，就像她的孩子呱呱落地般珍貴。

若說，紐約是個嗆辣妹，那麼，雪梨則是羞澀含蓄少女，像品酒般，適合放慢腳步細細品，也是一處宜居城市。她於兩地各租有大型酒窖，常年以恆溫加持（28度以下），永保紅酒品質極致鮮度。

體態曼妙纖纖、驚為天人的她，領有品酒師和釀酒師多樣證照。亦曾獲國際多項獎項，於她的著作「搖晃妳的紅酒杯」中有詳述，如何讓嗜紅酒成痴的都會人，人人喝得起，不再因價錢過高而怯步。也因親民，讓紅酒成為穿越時空和人脈的一道門。

潮流，形塑酒魅力；品酒，才是酒的深義，酒品如人品，有品德的人，方能讀出好酒味。跟著時尚老師走，期待，有朝一日，餐與酒搭配概念能成為用餐主流，甚或來客群均是為一杯餐前紅酒前來饗宴一番。掌握酒樣掌握人心，讓敏銳觀察力，介於酒和心之間；讓優雅不打折扣，飄飄欲仙⋯思想起⋯。一杯又一杯，不談往事！不談醉！片刻間，酒香—跌落在貝多芬古典樂第五交響曲中。除了她的酒學問精讚值得典藏，更想收藏她典雅的玉芙蓉。

今晚頂上一輪月，曾照西湖照二袖。孤寂旅途，且讓美酒佳釀邂逅騷人墨客一枝筆，編織美麗宇宙一首詩。

餐桌上的陷阱

她，雖是熟齡，猶見楚楚。

如果，不是她的眼淚透出哀怨，眾人豈會跌入一灘人性泥濘。而后，懊悔！於例行餐敍中，她總是未語淚先到，好像受盡委屈小寡婦。時而，悲春傷秋；時而，破涕笑顏，好不心疼。當下她像極一粒地球體皇后，眾人彷彿被她的喜怒甩著跑的小矮人，也被她的淚遶得團團轉，而后，為她憤恨抱不平。

紅塵滾滾，我以為我是正義之神，奮不顧身想來個英雌救美。

關於她的履歷，只聽聞她家鄉在南部，未婚，目前與朋友同住異鄉台北城。假日惟借訊息傳動，偶爾在上班日相聚。問她，目前殼居何處？她說與朋友分租汐止。當下即有股傻勁與衝動，何妨邀請她同住當時紅樹林家裡閒置的第三間客房！以解她居無定所之苦。聽著她的故事就像急駛而過的一班一班列車，酸甜苦辣各有，有愉快笑聲、有寂寞眼淚、有單身哀嚎⋯。於她釋放無助眼神多酚中，大夥都靜靜傾聽，並極力搶救她的憂傷。

未幾，機緣巧合下，她轉換工作跑道，來到相同上班場域，和她的接觸距離雖不是同桌共硯，卻成為由遠而近的夥伴同事；雖業務不相隸屬，上班環境卻像飲著相同長江水，吸著相同的大樓空調。

可是，面相早已出賣了她。擁權那一刻，只看到一個強人翻身般，眼淚已匿跡，哀怨也沒了，一掃之前眉頭不展。過河拆橋，站立制高半山腰，呼風喚雨，左手棒、右手錘，喊打、喊殺…，塵土飛揚。

一陣風，彷若吹亂整窩雞巢，飛的飛、跑的跑、閃的閃…。頓時她像打翻墨水弄髒的一張臉，面目猙獰、張牙舞爪、咆哮謾罵，強勢主導，變得陌生疏離，儼然一齣職場變臉現形記。人說，無德、無文化的人，千萬不能交給她如「方向盤」般的權力，那會是多少人的災難啊！

於是，眾人紛紛扮起柯南百科求解！探討人性轉變的可能基因，她應該不是單細胞動物，除了工於心計、鑽研向上管理、更擅長演戲。其實，專家說：一個人，從餐桌禮儀上，可看得出值不值得深交？其話術可有貓膩？吃飯本該開開心心，正常人，不會頻頻在餐桌間以淚示弱，若有，就是別有居心。朋友交往，貴在誠實與坦蕩。往往一個謊，需編千百個理由來圓，仍難縫合。

後來才知，她的所謂分租：是與異性友人同住一屋簷下，睡同張床、蓋同條被，彼此，各做不同的夢，就差一只白紙黑字相牽扯。對外，則號令天下渣男，她是偽單身，以黃花大閨女之姿行騙天下，願者上鈎。幾十年來，有不少人被圈套過，雖被拴也甘願，因為，彼此都是在玩偷偷摸摸。

瞬間，她的秘密，就像手中握不住的碎雪瀉滿地；也像藏不住的七月孕肚，一覽無遺，終於驚天一爆，令眾人跌破眼鏡。故事如何開始只有她最清楚，絕對不是兩情相悅，只是動物的肉慾先馳得點，一解人性飢渴。

精采，就在劇情正在進行中，另築一片又一片濕地，也是她的拿手好戲。可是，紙是包不住火的，玩火者必遭火吻。

秋之晨，看戲的人，正待簾幕更迭，靜看她駕駛的那班車，開往不歸路！

輯二、這裡的山——

這裡山的線條很孤傲
橫看成嶺側成峰　頗似觀音酥胸挺　一浪又一浪
浪浪相連這邊到那邊
也似沉睡夢幻女　安靜典雅又端莊
雲月之下全是少女　情懷
舞春風

風雨中的喜訊

借得春光夜不寐，喜鵲爭啼並蒂梅。

花容月貌，嫋嫋亭亭。走在辦公廊道，她，就像萬綠叢中一點紅，是那麼出眾、脫俗、端莊、雅緻。更是萬中選一、通過艱難國家考試脫穎而出的時代女菁英。也像朵出泥不染的蓮，應對有禮；更像出水芙蓉，娉婷款擺，泱泱大氣。

秀色掩今古，荷花羞玉顏。望著她的容顏，是那種只看一眼，卻能驚艷千年的震撼。像一尊天生女王，高貴典雅，與之攀談又像鄰家一少女，談吐有節，平易近人。是一討喜、宜室宜家好女孩。據聞她愛書成痴，專家說，一個人永恒資產是「書」。一個愛看書的孩子，一天二天或許看不出成果，可，一年二年、日積月累，幾年下來，粒米成簍，氣質風采絕對優於常人，與眾不同。

一個隨時擁書在懷的人，最是富有。那是一輩子資產，不因歲月老去而遞減。內涵外放，一顰一笑嫣然如山月，是無形財富，也是力的綻放。

一世眷戀一世情。於槍林彈雨般的疫情期間，得知她情定杏壇之光，超級感動。人生另個永恒資產，是選對良人。一份對的選擇，少走許多風雨路，顯然她已站在贏的一方擂台。當順行婚姻路，那必定是前幾世有修福，今生來受報。

羨慕是哪家好兒郎，抱得美人歸？後來方得知，另一半也不遑多讓，是位作育英才百年樹人孔夫子──台大教授，專主經濟。太陽底下最陽光的職業是教師，也是人類靈魂工程師，負責改造複雜內心工程。春風化雨、潤物無聲，轉眼，參天大樹成林，桃李滿天下。男方外貌，更是亮眼的超級無敵帥帥型男。穩重中持有力拔山河的氣概，威武不屈。彼此相互吸引是在男方講堂上的口齒春風，由台下往上看，男方肩膀彷彿是一片寬闊草原，孕育生機無限。講課內容不但豐富言之有物、堂堂精采、扣人心扉，讓聽者猶如旱樹逢甘露，他鄉遇故知般的相見恨晚，遂深深扣得芳心牢。加以女方的傾國傾城，絕色蓋世無雙，似沉魚落雁、閉月羞花、螓首蛾眉，簡直是珠聯璧合、佳偶天成。

「宗」師非凡弄閒「雲」、「穎」慧才貌德傳「馨」。能當彼此的良師益友是一種宿緣，祝福二位才子佳人，從此，得意人生旅途、桃李爭妍，日月相依不寂寞。晨喚，百鳥爭鳴鬧不停，原來，喜鵲千里來道喜！

蛋之美

蛋。由內而外謂之——生命；由外而內謂之——壓力。

欣賞破蛋與立蛋之美，讓生命更澎湃動人。

破蛋，是從零到有。打破零的空無，從此風風火火、財源滾滾。尤其，生意人，特別是早餐店，每天開門，不能掛零蛋。第一件事，必定要破一個蛋，以示整天人來人往、生意興隆、爐火不滅。

有的人把生日，稱作破蛋日。一個嬰兒誕生，就像小雞破殼般，吸得第一口氣，喜得人生第一分。祈福這個家，因小孩的到來，從此，家運昌隆，福到運到，迎來諸事順遂，好運年年。在蒼天賜福予每個孩子勇氣、智慧、熱情、血淚之下，開花結果，一代又一代，生生不息，這就是「生命之美」。

蛋之美，還有另個意涵——飲水思源，感恩父母劬勞生養之恩。所以，大人通常會於孩子生日當天，煮一粒水煮蛋予小孩享用，並告誡孩子要有感恩的心，有母親才能有孩子，母親生下孩子是經歷生命大關來交換，千萬不能忘本。

西方國家，並把素蛋添上色彩，稱之「彩蛋」，象徵生命復活。所以，有復活節裝飾性彩蛋。國人亦有將多功能體育場地取名為大、小巨蛋，文化人利用其硬體空間來進行職棒賽、演唱會…等活動，稱之「攻蛋成功」。

再談立蛋學問。根深蒂固的觀念是在端午節中午十二時，若立蛋成功，表示好運一整年，否極泰來。立蛋文化，因國情不同而有別。新加坡立蛋是選在立春時、對岸則在春分。然，真正晝夜均等的日子是端午節當日中午最接近北回歸線，也離夏至最貼近時刻。選在這天，更容易立蛋成功。立蛋竅門，一般會選在凹凸不平水泥地，放上粗殼的蛋，如此，因受力相吸原理，較易成功。反之，兩者皆平的光滑面則難成立。

順談壓力。生命喜怒哀樂元素早已烙印胚胎蛋裡，待時機成熟破殼而出，成就一份生命，終於精采。人生八九不如意，一般人面對生活，必須處理程度不同的困難，及隨時無法預期突發狀況的大小事，手忙腳亂，有無形的、有形的…令人招架辛苦，彷彿千斤臨頂，謂之壓力。如：官場有官場官壓力、叢林間有叢林法則壓力、夫妻間有夫妻間的壓力、老師有老師的壓力、魚有水質密度承受度壓力……。其實，物競天擇，優勝劣敗，早已存在盤古開天時，人類之所以能勝出主導萬物，越挫越勇，乃因具備多方智慧巧門，理性突破各種障礙，終成萬物之首。

世間事難免起伏高低，千里的路，變幻莫測，有如蒼狗白雲，如何趨避衝突，是解決壓力來源首要。容忍度，也是決定壓力指數的刻度。負面承受度越高，壓力解決時間越短，生活越有品質；反之，適應不良者，壓力越高，解決時間越長，生活品質越低下，終至一事無成。

猶如竹立破岩中，咬定青山不放鬆的原理相同，能戰勝越惡劣環境，生命力越旺盛越美麗，風雨見忠貞，疾風知勁草。見證每份生命力中富含骨氣、堅忍、抗壓、祝福、欣賞，缺一不可。誠如，一篇好文，不拾人牙慧，能掌握自己思路主權，賦予生命方向，定調後飛揚怒放。

無論由裡到外，或由外到內，都要有一顆不脆弱的心，雖瀝雪三千不畏艱，百戰百勝，而后顛峰造極。面對人生這盤棋，唯有勇於衝破難關，挑戰困難的決心，方能超凡脫俗。

總之，不管是破蛋、立蛋或彩蛋，從外打破也可是食物，從內打破必定是生命。尊重生命，突破自我，視壓力為前進導力，並發揮「竹」的精神—立根破岩天地間，方能彰顯生命的堅苦卓絕、寫千秋萬世於不朽。

放手、背影、自由

學會放手，才是真智慧；讓注視的背影成為最美的牽掛。

孩子終會長大。難忘時光，總停留在相聚的每一分每一秒。人生，成長的喜悅和離別的痛苦，是歲月更迭的必然。每一份眷戀，都是失去自由的交換。越是在乎，心的綑綁越是沉重。有一句話說的好，當你不在乎時，心裡受控程度就愈小，痛苦也不會那麼深。可是，親情談何容易？此時，時間會是最好的療傷良藥。

朋友淑文，經歷三十多年公務生涯提前退休後，續航另一程艱鉅使命—幫忙帶外孫，一個接一個，日子是緊張又充實，經驗傳承之下，將孫子帶得超級棒。雖然都是愛，然，帶孫和帶自己兒女心態上權重仍有別，帶自己孩子是義務，帶別人孩子是責任。凡涉及「責任」二字，心靈必定是加倍負重、隨時待機，誠惶誠恐，不管是全天或只有白天，心理必須隨時保持亮著紅燈般的警覺。那種無形壓力是—有功無賞，打破要賠的緊繃。帶孫和帶自己孩子心靈承重度當然不同，帶自己子孩可以豬養般的規格，成敗自負。帶孫子一定要保平安順遂。

放下執念，重拾自由。放手的風箏才飛得高。真正的自由是──行、住、坐、臥，皆無有干擾，能做自己想做的事，過自己想過的日子，看自己想看的書，品自己想要的午茶繽紛。愛的約束也是一種約束，或許有人會自認歡喜受、甘願做。可是，責任扛太重，也會累垮的，橡皮筋彈太久，張力也會鬆弛。

短暫的約束可以忍受，也是歡愉的，可，當行年漸長，承受的體力和抗壓程度都不比年輕。那種心靈的沉重，是情感上的無盡勒索，也是體力另種透支。這需要歷經多少滄桑的人才會有所悟透──自由誠可貴。為自己爭取自由時光，不是無情，是一種選擇，絕不能意氣用事，先顧好自己再思關照旁人。人不能離快樂太遠，否則，終至疲勞轟炸，終於崩盤，轉不停的陀螺也會倒下。

花無百日紅，沒有一朵花可以永恆綻放枝頭；每一份生命也不可能永遠為誰停留。滾滾大千，願人人是那朵最香的枳子花，燦爛周邊，讓每一份生命接力無限；讓寰宇下，只有歡欣，少有哭泣。

休息，是為走更長遠的路，儲存好體力，是為暮年生活做足準備。人到一定年齡，階段性任務完成了心安了，好好盤整自己曾經的悲歡、經歷過的春夏秋冬，在得與失間取得平衡點。適度地放縱自己自由自在，好好享受下半場人生，不再牽掛後院的雞鴨魚鵝，放眼唯青山綠水。讓分秒皆是美好瞬間，也是一種追求。放慢腳步，專心暮年享受生活，更欣賞昨夜一場雨，處處有驚喜！

繁華三千，放下即是風景；煩惱無數，想開當下良辰。

財神爺的密碼

錢，雖不是萬能，可是，有錢買得到尊嚴，沒錢寸步難行；錢，雖不是永遠，可是，有錢買得到優雅，沒錢舉步維艱。

每人對錢定義不一。有人認為錢夠用就好，知足常樂；有人認為家財萬貫更是好，有錢能使鬼推磨。有人為有錢苦，為爭家產而兄弟鬩牆、鬧上法庭，甚或踏上不歸路；有人為沒錢也苦，為三餐朝九晚五，疲於奔命，幾度灰心幾度疲！

有錢可以不用向人伸手要，保有尊嚴，尤其老人家；有錢可以買得到知識，博覽群書，長養優雅不老。朋友燕珠夫婦，平日理財有道，不動產一棟又一棟，致富之道不外乎勤儉、敦厚、慈心、守成。無意間，幸得她夫婦致富秘笈一方，寧可信其有，我亦如法遵循。傳聞財神爺總眷顧有緣人。尤其，行善積德之家，特交下一方密碼，做法如下：蒐集奇數全碼紙鈔，百、千元不拘，以紅包袋裝入，每放一張唸一聲佛號，願財神加持平安、一生無量，以備不時之需。于今，她們已行之多年，迄今，雖擁有多棟雅築，又其夫已於一二年中福壽雙全，追隨菩薩腳步去，她仍深信不疑，力行不懈。

有的人忘了耕耘，抱怨一生窮困潦倒，買不起車，買不起房，也買不起名牌，遂走上偏門歧路。君子愛財，取之有道。殊不知一步一腳印，成功絕無捷徑，除了努力，尚需多一份堅持與良心。其實，財富有多種，不必太拘泥有形，心富無敵，能看自身擁有的便是大富貴。身體健康是財富、家庭美滿是財富、身手矯健也是財富。何況，還有取之不盡的大自然是共有財富，山山水水更是人類永恆的資產，能善加利用便是智慧。

能力，是由信念而來，天底下沒有不勞而獲事。有願就有力，幾分耕耘幾分收穫。能經得起一次次磨練跌倒又站起的人，方能成為人上人。人千萬不能失去鬥志，無志則無力。機會即是錢財。愈挫愈勇，機會通常是給有準備的人，稍縱即逝，持之以恆，更是一種信念。

信心，也是一種力的光芒，相信自己，就能散發凡人無法擋的魅力。內心底氣夠，安步也能當車，簡衣粗食亦是美。

亂象叢生的大環境，不必哀傷不能改變世界，轉個念，何不改變自己，造福周邊、營造歡笑一籮筐，也算是小貢獻。人生成功路，沒人能拐彎走小路而得逞，努力、誠實、心安是唯一途徑。開一畝良田，走出自己的光明路；導一齣戲，做自己的主人。當我們內心夠強了，任何艱難險阻也無懼，內外言行一致，俯仰無愧立天地，不逾矩不退縮，凡事常存感恩！當我們內心善良了，視萬物如親，慈心以待，讓所到之處皆受歡迎！

快樂勿遠求，知足在哪，快樂就在哪！心有多寬，世界就有多寬。

微笑吧！開一扇心窗，讓財神歡喜常駐你家。

紅塵一回，只要勤耕「品德」這畝良田，財神必常眷顧你！

人格與人渣

人格與人渣，一字之差，成就完人與濫人。

生命的意義，在創造宇宙繼起的性命，而不是在甘於自我矮化下的委曲求全。人格—一般人形容忠厚老實、勤儉顧家、寬容勇敢、有肩膀有擔當、孝順、開朗、陽光方正、頂天立地…，是一般正常人格。人渣—指的是社會敗類、始亂終棄、權謀算計、不務正業、偷搶拐帶騙、劈腿…等一樣不缺，遊走法律邊緣，周旋元配與外遇間，迷人處是—不用負責、拒絕扛責任，用完即丟。

一句話說得好，渣男的養成，是另一方的縱容與姑息，巴掌二個才響亮。所謂渣也：菜渣、煤渣、菓皮渣、豆腐渣、骨頭渣、甘蔗渣…，食之作噁，棄之不可惜。越是善良、單純好女人，越容易陷入渣之輪迴。當然，渣，不是男人專利，也有很渣女—桃色女「狼」。

海畔有逐臭之夫。有的人為了錯愛，情願跳入渣之坑，弄渣成性，不臭不爽，不渣還不習慣。從此展開昏天暗地如蟑螂般抓地磁鐵人生。

渣先生是滾動在黑心與良心之間，對外套路常是家有悍妻，博取同情，願者上鉤，所以出軌有理。正當熱戀，那無時的寒暄、會讓初入社會新鮮人，甜滋滋醉綿綿直到傷重方醒來。為了應付甕中傻女人，甚至早備有一套雄厚「騙愛」攻略，幾乎鑵頭式的中央出廠，有對付元配的、對付小三、對付小四的從不打結。如：「你在哪？」「我在妳心裡！」「在做啥？我好無聊」「我正在想妳」，…句句鹹濕、字字心動，令涉世未深的女孩迷茫，甜而不膩，百分之百打入心田，很輕易就一手掌控，也令對方完全忽略背後的障眼與陷阱。

某天少女下班的一句無心：「我家附近新開一家百貨公司，地下室的美食大街超多人…，」「找一天一起去逛逛吃吃…，」無意的閒聊，似邀約又不像，那是欲擒故縱的手法。飯後公園散步，突遇一熟人打招呼，問他：「那是誰？」「我也不太清楚，現在我心裡只記得妳」、「今天只想好好看著妳」「願常伴妳左側，離妳的心較近」…。此時，渣男貼著女孩的臉，邊說邊心虛地尋找著獵物。

腳踏多條船的渣人，哪天手機若漏接，總會有千百個理由為自己合理開脫。如：「最近像蠟燭，家裡、公司二頭忙，漏接好多電話，親愛的妳應該會體諒…。」女方喜歡聽不斷的解釋刷存在感，那是被捧在手掌心的感覺，有的女人甘願屢屢被騙，叫「吸渣成性」，一些恐婚族，明知被騙，己成習慣性的依賴和逃避。那些女人共同癖好是，喜歡扮演搶救者，替他補償元配兇悍的溫柔角色，拯救對方，而搭上渣之船，享受的是一種病態勝利快感，縱受傷也不怨，展現小強打不死的頑劣個性，一代猛過一代。光憑這點，就證明女性比男性更適合當兵，因為抗壓夠。所以善良風俗已不善良，公序良俗也不見。

雖人設已崩毀的渣男，也有一套保護自己的機制，萬惡的佔有欲，若哪天得不到全愛或姦情曝光，就惡人先告狀，以毀掉對方或威脅對方家人性命作要脅。反控妳是恐怖迫害者、全壞女人、見利忘義、喜新厭舊……。一旦女方求饒就變本加厲，拳打腳踢，讓對方心生畏懼、不敢反抗，看到女方百般討好心軟了，即拿過去美好，要求回報、使之百依百順，加壓力道後再丟包。這也是壯大渣男一次次的有恃無恐，於海誓山盟下，玉石俱焚最是不可能，要死也是設計女方去死，然後繼續掠食下一道菜。相較負心漢、薄情郎，渣男更是卑劣，該遭殺千刀凌萬剮的活埋下場。

寧可被控冷若冰山的難搞，也不被非人性踐踏。對付渣男的方法是：報警備案、不貪不取、不洩漏居住環境、拒絕過驚弓之鳥的日子、或找些朋友傾訴或告訴家人尋求力量，不理散播的謠言、退回甜言蜜語、抵死不收禮、威嚇無效、尋求諮商，強迫自己勇敢，絕不心軟妥協、撇開恐懼、路遙知馬力、讓時間印證黑與白，讓謠言不攻自破，讓對方知難而退。正視委屈是永遠無法求全的。好女人，也惹不起的！也敬告職場婦女，若遇性騷千萬別投訴單位長官，肯定會受到第二度傷害，摔到鼻青臉腫，自古名言——官官是相護的。也或者長官本身即是加害者、慣性狼人，豈有能力伸張正義、主持公道？

強颱過後，拍拍內外灰塵，重啟另一扇明亮之窗，翱翔天際。永遠記得，恐怖情人威力強過三顆原子彈，碰不得！致命的蜜糖，等同炸藥隨時引爆，處處有危機，請小心！

雨過天青。人格高潔堅強了，不擔驚受怕了，自然抬頭挺胸，昂首闊步，記取教訓，不讓同塊石絆倒二次，經一事長一智，世界依舊美好、天地依然任妳行，何懼之有？

權力與微笑

權力該被溫柔善用，而非粗魯揮霍。

覆水難收。心理學家說：生氣時不開口、也不做決定。因為人一生氣容易說錯話、做出錯誤判定，誠如水潑難收回。生氣時，若不知該說何話？那麼請微笑，鬆鬆呼吸，沈澱一下，稍候片刻再出言，肯定會改變結果。

職場，就像修行道場，開口閉口皆風水。尤其，領眾人，說話是藝術，一句得體，三寸冰河亦小溪；句句尖銳，煙花三月亦哭泣。職場像一競技場，物換星移，今日屬下有可能是明日長官。不管角色如何，心存厚道感恩、且走且學，正視現今碩果大家成就。給人一分尊嚴，人會回敬你三分，勝不驕、贏不跩。權力在握不腐化、不鄉愿，服眾是用一顆心，而不是唇齒相逼、不給人留餘地。發脾氣是本能，能駕馭脾氣方是真本事。

頤指氣使，會破壞領導風格；犀利言詞，會重創自己形象，扭曲的嘴臉更是令人失望。有人說：生氣的嘴臉最醜陋。微笑，足以解釋春風無限美！

一位成功領導，舌燦蓮花，可將百鍊鋼鍛成繞指柔；一個成功的牧者，能將青康藏高原上的羊群，馴良地放養珠江三角洲。

吐氣如蘭獨步香，雙眸流盼顯大氣。領導比的是如何帶心，出言不遜，粗魯尖酸，是對付自己的，自暴其短。好的口氣，可以迎來更多向心力；靈活領導力，運用得宜，臘月飄雪亦繽紛。

人人需要掌聲。適度掌聲足以撫平哀傷、使人更願效犬馬之勞。切勿讓威權成傲慢，轉眼江水悠悠東流去。為官應有為官氣質，凡人皆平等，無論喝多少錢的酒，醉了都是一個樣，拚的是酒品；無論領多大官箴，退休也都是常人一個，留的是好口碑。

做官如行善，行善如春草，雖不見其長，日日有所增；作惡之人，如磨刀之石，雖不見其損，日日有所虧。官場即道場，積德行善在及時，禮賢下士，善待幹部、子民，亦是行善一環。莫以善小而不為，菅芒花也有可能在關鍵時刻，絆倒一個高人，其力道更不容小覷。

一個好領導，品格更應出眾，要有活出令人尊敬的光環，別讓你的位階淪為市場叫賣論斤論兩賣豬肉平台，那就有失老天厚愛。最是難過，別讓職場舞台於謝幕後，讓人立馬忘了你，就像一陣潮水起，洗去你的所有腳印了無痕。給自己預留個位置，方便退休後隨時回來坐坐。

上帝造人各有長短，鐘鼎山林各有特性。有人可以衝鋒陷陣、一馬當先；有人可以謹守本分，默默耕耘、是守門人也是好捕手⋯⋯，凡此點點，堅持所愛，靜靜獻上一己之力，便是對天地有情，正視地球缺一元素難成圓。

好言一句冰河解凍，惡言一句仲夏也抖。

年輕有夢

快樂，是活著的目標。不斷閱讀自己、超越自己、取悅自己。

快樂勿遠求，自己挖掘，自己開發。人人是快樂演者，也是天地獨一無二的作品。如何在煩悶職場找到自己的寄託和興趣，即使偶而做做年輕未竟的夢，讓自己的身心隨時保持最佳狀態又何妨？那才是真快樂。

雖然，他已立足公務界數十載，近乎攻頂，卻仍保有赤子之心。不傲慢、不官僚，以巨星之姿俯視寰宇，盡情追求自己的興趣，於獨處中，提昇自我心靈，找到繁華中一方寧靜。

木吉他款款流洩，彈出淡水餘暉下，物換星移的粼粼滄桑，背影寫著-雲淡風輕。上昇的海岸一路追著波濤拍擊，望向旅人故鄉彼岸，那是一份永恆不渝的念。

假日吉他時間，是他的興趣之一。於獨處時，心靈可以重新得到回歸，那分安靜力量，能超越爾虞我詐。興趣，可以排解情緒垃圾，激發自癒力，做自我心裡醫生。尤其，後疫情時代的公務饗宴，他儘量排開、避開吵雜無用社交，尋找自己一片天-自彈自唱。

與其虛應觥籌交錯時間，不如好好獨處，重拾年輕時的夢。滾滾職場，有人過的是眾裡尋他烟花絢爛千般好的日子，卻仍看到眼裡落寞一籮筐；有人怕孤獨，總把行程排得滿滿填心慌，這也是心靈某種程度的沒安全感。梭羅說：無用的牽絆，放下愈多，快樂愈多。

能享受獨處是幸福之人。當公餘之暇，能擁有一片不受干擾私領域，以第三者視角跳脫開檢視自己，才是真能力。科學家說：所有的煩惱，皆來自不善於獨處。學習好好傾聽自己、享受自己，才能在繁瑣吵雜中找到生命真諦！

看似平凡中的不平凡，面對諸多不實在空洞的笑容，不如在獨處中充實自我，找到真正自己的笑容。當心靈真正平靜，美好總在不覺中盛裝蒞臨，讓人驚豔。寸金難買寸光陰，有個故事印證，能充份利用時間的人，才是真正獲利者—在山上時光，有一牧羊人和砍柴人相遇聊了起來，聊到太陽下山，羊兒吃飽了，和牧羊人一起走向回家的路，而，兩手空空的樵夫看著尚未完成的柴貨，懊悔不已，夜幕低垂，今日韶光已逝。

所以，懂得利用時間的人，可以把生命活出本色，也是與世界交手方式之一；善用興趣，讓自己在自我肯定中得到千金不換的快樂。

朋友如杖

宇宙間充滿多少無言之教，那正是美善的傳遞。

一輩子，可以陪你一起流淚共苦難的是「知己」；一輩子，願意和妳同憂愁共榮耀的是「莫逆」。一生中，朋友易得，知己莫逆難求。

勿以善小而不為。一顆熱心腸是需要被點燃的，當對一切皆漠不關心時，表示你已離老不遠了。而，時時的嘉言善行，不但可以振奮逐漸冷離的人心，激發良知良能，還可以累積德行，成就大悲心。適度的給人一分鼓勵、掌聲、關懷、讚美、安撫……，都是積小善成就真美好。

人生不如意十之八九。當一個人心情低落，衝不破心牆，有可能因妳的一句話、一行字救了他；路邊一條被棄養的流浪犬，歪歪倒倒，有可能因妳的一碗水半碗飯，讓牠重新活回來；低望一片枯萎草坪，有可能因妳的一瓢水，活出綠意盎然。

在別人的不平順中，看到自己的幸福與完整，而生惻隱之心，那是多難得的美德？人飢己飢，人溺己溺。那不覺中的同理心，拋開尊嚴，需要多大的勇氣？我歌我頌，它就是人性最美的一道彩虹，欣賞花開有美，花落也美的胸襟。

上班族通常一天要坐上八小時以上，比起與親人相處時間還長，中飯後的微走路是必須。否則，日積月累下來，長期的碩果，不小心會讓身材橫看成嶺側成峰般的壯觀，也像走山的土石流上崩下落，慘不忍睹。所以，門面維管也是每日功課，避免有礙觀瞻形成職場路障，更是禮貌一環。

約莫年初忙碌之際，運動量被忽略，致腳踝筋膜突然莫名嚴重發炎，三天無法正常行走。愛面子又重儀態的我，以為塗塗藥、泡泡熱水、吃吃止痛藥明日就沒事。沒想到折騰了三天，又疫情期間更遑論上醫院看醫生。若非疼痛難耐，那些天，豈會以單腳功夫走跳江湖？由捷運下車跳到辦公室，腳程雖只有十分鐘左右，可是，那過街35秒綠燈秒數，有如咫尺天涯，若不行單腳跳立，很難在正常秒數通關。於是，撇開異樣眼光，就以此功夫醜了三天。當下，才覺得身體的任何螺絲都很重要，缺一不可。

常和同事素華於午餐後大樓內外走個半小時。或聊或談，就是不聊是非八卦。那三天，有時是定點站站，晃晃手，擺擺腰。稍微動到不對角度則疼痛無比，寸步難移。素華也貼心陪同。遠親不如近鄰，好友如杖。腿，又是人的第二心臟，腿力不行，臟器也跟著弱下。一個健全的人，夕間，失去靈活度，無法縱貫西東、南來北往是何等痛苦！

第三天中午，突然想到B2地下街溜溜，因速度無法快，必須吃力的一瘸一拐前後移動，素華也配合我的腳步，不逼不催的緩步相陪。突然後方追過的她的朋友回頭問：「素華，妳的腳怎麼了？怎麼一拐一拐？」我急忙撇清：「妳看錯了，是我啦！不是她！」她朋友說：「她也一拐一拐啊！」我才知她的慈心不讓。那相同的狼狽，不知情的人還以為殘疾人士在訓練復健課。素華說，為了拉齊視覺等觀比，她也來個同姿態走路，免得別人對我太投以關注眼光，讓我專美於前。頓時的我，心裡是百般沸騰，若非她朋友由後方超前報馬，我還不知她的仁義過人，攘臂爭先，先人後己。

三天如度三年，有長官見我疼痛指數程度，肯定非痛它個三個月不可。謝天謝地，於第三天下班前，蒼天讓我遇到一位貴人鳳子菩薩遞來不凡藥膏，終得以迅速神恢復，下班就能健步如常走到捷運站。讓人想到一句經典：身體零件很貴又難買，獨一無二，請好好維護使用。於那段時間，也感謝諸多同事和有緣人的關懷情。

不以物喜，不以己悲。每人角色就像一朵芬芳玫瑰，於適當時機，適度散播花香，溫暖人心；誠如觀音手握甘露泉，濟世救人，愛灑地球村。

一燈能除千年暗，一善能滅萬年災。只要用心體會，宇宙間，處處充滿多少無言之教，那就是美善的傳遞！感動之！歡欣之！

輯二、這裡的山—

生命的堅持

有心栽花花不開，無心插柳柳成蔭。

就讓愉悅心情飛揚在每日早晨，帶出整天好氣場。朋友家住二樓。晨起，陽光灑下，前陽台有如花海派對般的歡樂組合，花團錦簇，也是夫妻倆的幸福密碼。倆人會在晨昏用滿滿的愛灌溉它們，呵護著它們，一日看三回，朝朝顧惜，夜夜不相忘⋯⋯。期待它們喜歡這個家。

在愛的澆灌下，花花草草也貼心回報以花香奔放弄前台，綻得美麗，綻放繽紛。蓊鬱的花團錦簇，不但引來蜂蝶穿梭，也讓牆角流水潺潺造景，建構出這是一處溫暖的窩巢。人間仙境何需遠求？有男主人女主人、兒孫嘻鬧、黃昏飯飄香⋯⋯，就是最美的港灣。凡，家的春夏秋冬，這裡全包辦，擁有的是一整本密密麻麻幸福存摺。

所謂壁立千仞，即是窮地之險，極路之限，開出一條自我活路，這就是萬物本能，大自然力量，凡人無法撼動，誠如天地無所不包，海納百川。

閒看庭前花開落，去留皆無意。期待花開的心，一日未減，對花的情愫與日俱增，幾年下來，幾番更迭幾度消長。花開花謝終有時，一朵來一朵去，緣起緣又滅，能做的只能平常心的歡迎與目送，奈何啊！生命。

若為隨意而安，莫問情歸何處。嘆！生命堅韌不屈，隨處土泥隨處長。縫中小樹，令人嘖嘖稱奇。朋友家前陽台的花海，是她們每日的用心經營，最是驚艷是簷前頂上站立小樹一、二株也不遑多讓，爭相展演。

中午時分，閒逛上班場域市府北門周邊，見雄偉外牆縫隙處，幾株爹爹不疼奶奶不愛的小小壁間樹孩子，長得生動翠綠，抗衡前方高大旅人樹，一點不卑微。同樣是生命，同樣吸取天地精華、有如長在她家一樓頂上簷前排水溝沿的小桂樹，惟靠她們在二樓澆花時濺下的水滴和土泥長大，不覺中綠意盎然，一株又一株。聲聲慢⋯，靜靜地、知足地長在安心中，長在不被人打擾的環境裡。太陽底下，望著窗櫺前方的它，依然有它對生命的堅持與驕傲。驚嘆！天地造設萬物的用心良苦。

忍教用心成傷心，卻教無心成有意。看著家花簇簇，有時枯有時發，凋零時刻總是居多。嘆！那小溝桂樹生命力之強到令人心疼，沒人照顧下，少有凋零，除非人為修剪去除之，否則，任它自生自滅。好個無心插柳柳成蔭的奇景。一切隨緣，欣賞陽台花趣有美，周邊浮雲飄過也美的日子，點點紅花襯綠葉，彷彿一支快樂生活花派對樂團。讓心靈處處有驚喜。快樂不必是名與利，只要用心發掘，生活中必然處處隱藏許多美好與樂趣。

凡事淡然處之，反而收穫意外。

飛蛾

最是艱難的路，注定無人陪伴。

吞下苦澀，忍住煎熬，前行不斷奔跑的路終能遇見強大的自己。

她，今年卅六歲，婷婷玉立，眉頭深鎖，我見猶憐。外在實看不出育有二女一子，老大今年高中。走在路上像極青春姐弟四人組合。於她年輕的外貌，顯然看不出已遍嚐人生風霜，訴不完的是前夫惡行累累。凡：吸毒、放高利貸、說謊、桃色不斷⋯⋯，一筆不完，罄竹難書。她說：命運給她人生的課題，最是哀怨，是於她大三時，禁不起連哄帶騙的甜言蜜語，被愛情沖昏了頭偷嚐禁果，奉子成婚，是她的識人不明，致傳統的她中輟大學，專心致力家庭主婦一職，更期盼「愛」能拴住他。

愛情不長眼，曾經為了它，奮不顧身充當飛蛾，撲向爐火，放棄大好前程和年輕的夢。克勤克儉投入家庭，在婚姻捆綁下，甘願成為三個孩子的媽，希望愛的力量，能喚回俗稱丈夫的回航——一個鮮少回家，和月亮一樣，初一、十五才見一回的另一半。

為母則強。天天望斷天涯路，淚水是留給夜晚的權利。白天必須扮演堅強角色，一滴淚也不能彈。並告訴孩子：媽媽是永遠的巨人，是母也是父。展現的是母雞護小雞般強大本能。每當孩子入睡時分，缺少個肩膀的夜，就是她軟弱嚎啕的枕頭。有時淚水未乾天已亮，繼續昏天暗地的又一天。日復日、年復年，為了一口飯、為了三個嗷嗷待哺，她根本沒時間想太多，忙著張羅三餐。未來的事，就交給老天大人吧！

命運多舛，當愛情來了又走，她唯一選擇的路是堅強。徹底「了斷」失分的婚姻，投靠娘家。還好，娘家似座山，有父母替她扛下一半風雨，撐住半邊天，讓她終得以出外工作，撫育小孩長大。行到水窮處，不一定能看得到雲起，可是，肯定可以看到兒女長大後的開枝散葉。人生有四苦：捨不得、放不下、看不透、輸不起。還好，她不抱殘守缺，將它全都拋。孩子面前，她贏得一份尊嚴與驕傲，關於感情債，她情願今生情今生還，下輩子不相欠。

忍辱負重往前看，發誓終有一天將她前夫踩在腳底下，一雪前恥，翻身作自己。感恩他給的風雨，讓她發揮全功能展現母雞潛能。母愛的力量，讓她已然站上全贏的山頂，笑看山腳下他的一事無成和一無所有。分手，或許是哀傷也是不得已，可是無悔！感情事很難預料，或者還有相逢一天；也或許有另一片春天正等著她。擦亮雙眼，混亂，是無法處理事情的；冷靜，方能清晰理路。

人生的路，婚姻並不是唯一。人人皆有不如意，如何在負面情緒中挺住、突圍？勉勵自己站得穩健，另創一片天，也是必修功課。一路上，感謝慷慨仗義相助的親朋好友加持與職場溫暖，感謝父母全方位支援與守護，他們誠如一扇又一扇美窗，填滿的是義薄雲天，讓她勇敢衝過層層濁流滾滾、白浪滔滔。

敬告全天下壞男人，女人，絕不是弱者，千萬別挑戰正常女人。

她，可以很潑辣、很溫柔，也可以很勇敢；可以彈跳三千里，也可以蟄伏三個冬。

輯三、路過的鄉愁——

花蓮夜市，炒螺肉、雞肉飯、鱔魚飯、
排骨酥、豆花…，小販叫賣聲，此起彼落。
那熟悉滾滾人潮，燈火通明市集…，
宛如嘉義文化路夜市和東門市場，一幕幕…，
彷若路過的鄉愁。
肯定，
今晚一定夜不成眠，跌落惆悵異鄉心。

揮出命運好球

光芒透天地，何懼視野浮雲遮？

她是本活教材。她的生命像一溪流水，潺潺不息；她的正向正念，可激勵人心、教化偏激的人。

當，一個人「心」無處安放、灰澀沮喪，不斷鑽牛角尖，一心不想活，她會是一盞明燈、一座燈塔，可以交換給他們生活寶貴指南。當，一個人老是抱怨天地對他不公，這不滿足、那不滿足，這人也應該來和她討教人生大補帖，肯定會改變觀念，重新定義「生命意義」。

雖擁著一具殘破不堪的皮囊，卻有著高尚堅忍不拔的內心。於她身上嗅聞不到自卑，只看到樂觀進取；於她身上找不到一處完整，但其內在卻住著一縷完整靈魂。尤其，於最近將一襲及肩長髮落紅塵後，更顯其生命綠意盎然，自信滿滿。

勇敢，是多少恐懼與無助的交換。用力拄著拐杖，撐出不向命運低頭的一片天。雪上加霜，命運的殘酷並沒有停止對她的魔考，曾於幾年前，遭辣手摧花的病魔入侵，於艱難化療過程，隻身騎著「摩托賽客」前往治療，獨自面對苦難與未知的明天。悲傷落淚無用，惟有自立自強才是正辦。

終於，老天感動她的不屈不撓輕放了她，讓她戰勝那一役。靠人不如靠己，於她身上彷佛萬能，凡正常人可以做的，她全不打折扣不求救一一克服—如：騎機車上班、一手拐杖一手水壺、洗便當盒、刷牙洗漱、開標時，捧著投標資料⋯，緊咬牙，逆風前行，溯流而上，一力承擔。清亮嗓音、字字清晰、思緒活絡敏捷。蒼茫人海，她是一位勇敢鬥士，也是開墾者。就像身揹重重殼往前爬行的蝸牛，一步一艱辛、一步一淚水。

這輩子，她就像行走在隧道，只有漆黑，沒有索引的摸黑勇士。可是，一滴草一點露，她是用自己生命火把，點燃自己，照亮周邊。命運讓她因為不服輸，射出美麗光芒。花開花謝，她都認命地喝著一個人的咖啡，雖苦，猶美！

人生本是戲，掌聲自己給，眼淚自己拭。隨時做自己的主角，也做自己的配角，希望一趟大千之旅，自己是那最出色，也是最驕傲的演員。紅塵如浩瀚大海，她也是個最出色的舟子。做啥像啥，經歷過公務界股長職務，也做得有聲有色，凡最艱難業務難不倒她，帶人哲學也自有一套。

曾經雄心萬丈，期能讓視野加寬延長，於110年考進文化大學法律在職碩專班。目標—執業律師，期能到律師事務所服務，法扶諮商弱勢、貧困。她說：若具備相關文憑及學經歷，較有說服力。感恩那段日子的美好，曾於一年期間密集修課，完成重力課程58個基礎學分及38個碩班學分。如今，只剩基礎學分二個，已開始利用下班時間著手論文，既充實且期待，也曾兼修日文，誠如蠟燭般多頭燃燒、因太過繁重，遂中輟日文課。最近感傷論文題目是——我國身權法之修正——以CRPD為中心。研究如何保障身心障礙者權利基礎，如：無障礙設施、斜坡或大樓步道⋯。關於這點，本國顯然不比國外貼心與友善。國外，凡它的用途不只輪椅者使用、也是卸貨或老弱行走的輔助步道，沒有歧視心，一切自然存在。強調的是同理心，不是同情心，這也是本國城市，關於無障礙設施的有待加強。

人生本是一趟孤寂之旅，盤點自己行囊後，與其傷心頹廢，不如獨立自強。靠山山倒，為能和社會同步成長，也不想讓自己退化成為別人負擔，只好一步一步扶杖前行。倒帶求學日子，不管上考場或看榜單、購物⋯，從來都是隻身前往，不勞煩家人陪同。因為陪讀無法陪心，陪日無法陪月，陪歡無法陪淚，陪來陪去陪成仇，更不想成為茶來伸手飯來張口的麻煩製造者，乾脆自己來！

從小即是如此這般身軀，未曾得到過「健全」二字的感覺，所以，不知失去的痛苦，和常人一樣，由零開始，一點一點地學，如：A、B、C、追、趕、跑、跳、翻滾⋯。常想，若一切重來，能正常跑跳是啥滋味？其結果是否和現在不一樣？或者就原地踏步，少了幾分鬥志也說不定呢！因為好逸惡勞，墨守成規令人懶。

感恩苦難讓人茁壯！感恩國考補習班認識的貴人佩娟及其兄。尤其，佩娟的職場好緣第二度相遇、還有秋雪，因為自信和好友們的加持，讓她活出美麗加分，雖然命運多舛，從來都不自怨自艾，從來都認為自己是幸福的，和別人沒兩樣，欣賞的是同樣的星和月，滌沐同樣的早晨和黃昏，也不曾用眼淚當武器強得掌聲。聖經上說：好好保守自己的一顆心，心強大了，天下無敵。

「心」怎麼平靜無波，宇宙就怎麼平靜無波。力量，是從一次一次磨練中得來。告訴自己千萬別被命運擊倒，一切盡其在我。雖然老天給她的命運是壞球，她可是球球盡心盡力，認真地揮出棒棒好球。

征服宇宙先征服「心」。看！映入眼簾──有樹、有花、有小橋流水、陽光、小雨，她的世界依樣那麼動人美好，絲毫不減分。再談，名駒若不遇伯樂，即使日行千里，亦只是隻普通的馬。可喜可賀的是，於今癸卯年四月，幸遇代天巡守銳眼年輕局長，慧眼識英雄拔擢進階更上一層樓，同染春風！（僅以此篇文章祝福美英小姐榮升主任開心平安！）

閃亮拾荒嬤

風是自由的，雲是流動的，可是，此時，這條街道是壅塞的。

「叭！叭！叭！」後面冗長的車陣聽著前方猛按喇叭，也不甘寂寞，跟著此起彼落。於是，形成吵雜紛亂的初秋一景。有的駕駛紛紛搖下車窗，把頸子拉得長長探個究竟、有的乾脆下車猛抽菸、有的開始低頭滑手機、有的嘗試繞路回頭⋯，臆測紛紛，以為前方發生車禍。瞬間，不是很寬的車道，沒多久，已開始回堵。

時間不知過了多久，車輛流速終於慢慢暢通、消褪。路過事發處，好奇的開車族都投以關心眼神。原來，是位年約八十多歲白髮蒼蒼拾荒嬤打翻一車回收物，致散落滿街滿道，因年邁動作遲緩，當拼湊好整車掉落物，她已氣喘吁吁，滿身大汗。她更不知因她的不小心，差點驚動天庭玉帝，派遣虎爺大人下凡疏通。車過處，炎炎太陽底下，只看到一位白頭阿嬤，孱弱地向路過駕駛朋友，逐一逐一行鞠躬道歉禮！而旁邊正有一仗義相助用路人，忙將堆疊高高厚紙板加以綑綁固定，免得第二次氾濫。

「莫教佝僂涉險境，除非萬難！」有誰願於車水馬龍中穿梭？有誰願意經歷苦難而不堪？肯定是逼不得已！為了生活，忍病耐苦；為了三餐，不畏風雨，在這背後，應該是母愛作推手。看了這則報導，行筆自此，甚或激動難抑，見苦！知福！更當惜福！感恩我命！

凡生命皆該被禮讚！拾荒阿嬤的有禮，就像礦堆中一粒鑽；還有，一位陌生人付出的美，彷彿看到荒漠中開滿玫瑰。不以卑微而低頭，不以不相識而冷漠。高舉的是生命價值誠可貴，活出生命至尊至美。心疼！人間友愛，天地有情，可敬的路人甲，教人感動。世界因有你的伸援憑添色彩。

打開心窗，宇宙之下是個大家庭，人人皆兄弟，天寬地闊，人間有溫情。每個人讓自己快樂因素有多種，必先釋出己身的善意，主動關懷別人，肯付出不計較，方能有善的回饋。誠如一面鏡子，若老是苦瓜臉以對，那麼必定回報以苦瓜；若是微笑如一彎月，肯定回收月眉一彎。

若果，「苦難」是穿著舞衣的祝福，那麼，因為這件事，我看見人性一體兩面的美。人生猶如一漫長旅行，過程重於目的，而比風景更美的應是人間友善，為陌生人而付出關懷的大愛美；拾荒嬤日子雖艱辛，依然有她風雨中的傲骨美。讓人覺得行路雖難又迢遙，卻能忘卻旅途疲憊與沉重，因為人間有愛。

寰宇之下，若人人能多一分體諒，少點責難，多點同理心，少些暴戾，於適當時機，伸出援手、讓懊悔減少，心安加成，世界肯定變得不一樣。

協尋失落的肩膀

路上掉落一堆肩膀、一堆臉皮，一堆風骨，請代為尋找其真主人。

職場誠如一只好杯。好茶韻——香氣清揚繞周邊，好職場——運轉國祚年又年。

一風骨毀了一個職場文化，一臉皮毀掉人我間的信任，一肩膀明證春秋與亂世。職場的正與否，定調國力強與弱。職場正義不彰，敵人根本不需費一兵一彈，國家就自己搞摧毀。因為人人無使命感，不知為誰而奮鬥？渾渾噩噩，一天過一天，自掃門前雪，沒士氣無承擔無肩膀，扛不起紅塵風沙，談啥扛槍砲彈藥？

公務數十載，除了那一前無古人，後無來者龍的傳人，吾不見真正風骨嶙峋之人，更遑論為正義發聲、為弱者出言之上者！自古以來，唯一文天祥那寧死不變節的情操，猶如山之聳峭、海之浩瀚，傳頌千古，深植人心。

人只要不要臉，天下無敵。有制度似無制度，有法等同無法，標準各自解讀、遇山說山，遇海說海，遇強自動轉彎，誰敢取巧裝可憐，誰就稱霸，管它公帑是該核實報支或間接偷來福利？捉小放大，國不成國、職場不成職場，賞罰不分。君不見雖朗朗乾坤，塵埃蔽目、歪七扭八。處處牆頭草，哪邊有奶哪邊吮，哪邊演技好哪邊信，多一事不如少一事。只打守分守寸客氣有禮，不敢惹山中虎假無辜；只打無權無勢，奉公守法，不打偷搶坑殺。弱肉強食，鯨吞蠶食，日月之下，不見承擔與仲裁，只見處處是遍尋不著的肩膀與風骨。

法條千百解，只規範守法誠實的人，對於玩法弄權者是莫法度。因人設事，也為懂法者而設，更為循私者而大開方便之門。但書──是遊走法律邊緣的漏洞，也是保障懂法者的通行大道。法條是壞人通往天堂捷徑，更是另類障眼法，心臟夠強者通行無阻，凸顯的是人性的膽大妄想包天。

人善人欺天不欺。放眼，號稱的有權者，能有幾人真英雄？疾風知勁草，亂世出英雄。以小觀大，能通過烈火淬鍊才是真黃金，於槍林彈雨中，若能以肉身擋子彈、抽絲剝繭、解決問題者真雄才，可是，難尋。惟靠天道。

君子愛財取之有道。正當得利應該被支持與保護。竊，不可怕，可怕是明知不可為而為，謂之盜。世況日下，主持正義更是難，明知其行是盜而不敢阻止才是真可悲。更是傷心，有權者不當姑息、縱容與緘默，讓竊者無法無天。

正義當前，若為亂臣賊子，人人得而誅之，也是替天行道，何懼之有？面對不公不義顛倒黑白的大環境，不該有兩套標準，逆我者非，關鍵時刻，看不到該有的公正；順我者昌，昧著良心，凡事無所不用其極的為其解套，看她吃香喝辣樣樣順，她暗笑官字二個口任她把玩。上樑不正下樑歪，沒是沒非的大染缸，縱容會吵的孩子有糖吃，守規者惟求一份問心無愧，自求多福。

在不斷超越自我的期許下，堅守自我良心，不同流於俗，無懼風沙飛揚。畢竟天理昭昭，疏而不漏。所有因果，天庭歷歷，日後回家算總帳。

好的杯子不裝滿，

好的職人不偏袒。

狼性與人性

千萬別為了追求狼性，而忘了人性。

長期執刀的人，不知砧板的痛。有權者，掌握話語權，一言一行，更該謹言慎行。所謂第四權（媒體），它是「手無寸鐵」的平民百姓一把防衛利器，時時刻刻監督龐大執政者。無論大眾小眾媒體，它，可以是校正平台也可以是殺戮戰場，千萬不該淪為執政者打手。可是，已經質變的第四權，為了討好大眾和市場取向，顛倒是非，積非成是，搞得塵土飛揚，腥風血雨，隨時霸凌沒麥克風的人於無形，令人聞之色變，這樣的「第四權公害」，不要也罷！

開倒車的年代，毫無時代進階的喜悅。相信最近二一年深秋街談巷議中，一定聽到不少哀嘆聲！曾幾何時，臺灣天空已不再飄香自由美好，滿是烏煙瘴氣、誣衊、指天說地……。所到之處，令人沮喪、失望、害怕、垂淚。那是一種每到選舉時刻必有的脫軌亂象，也是時代的哀，世紀的傷！

偏偏這人性的「惡」，每每上演每每管用，人人自危、弱肉強食。呼籲當權者，不要再玩文字遊戲，手刃無辜，百姓要的只是居住平安，不需要仇恨值，什麼抗中保台、什麼法理台獨⋯⋯，那都是政府的事，別賴給百姓，挑起同仇敵愾之心，那更是百姓無法承受的重，國家事政府要一肩扛起。若一個無法保護百姓的政府，只好用選票淘汰它，讓它淹沒於歷史洪流，一去不回。也讓輪替成為民主的動轉法輪，讓有能者，撐起國家這把大傘，保護善良子民。

從小即被教育灌輸，不該犯下強凌弱、眾暴寡、大欺小⋯⋯的不當行為，應該濟弱扶傾、同舟共濟。放眼，人人自有一片舞台，大部分的人默默運作自己小乾坤，安份守己，靜靜發光，知足認份。有良知的名嘴擁發聲舞台，口吐春風，發揮淨化功能；可是，一些跋扈囂張無良名嘴，不憑良知發言，雖二片唇下的口字，卻濁流滾滾，句句刀槍，展現的是缺德、缺心歪理論，彷若掌生殺大權，判生判死隨她任性，不但傷及無辜，錯置黑白還亂象叢生。如：慈濟、鴻海、台積電、佛光山⋯⋯的非政府機構於非常時期，仗義救命的購買疫苗，也被批評到一文不值、風雲變色，又不見夠猛、夠強，行政中立的機構仲裁導正。唯有自力救濟，或用人民怒吼之聲上達天庭，摘除那些國家毒瘤，關掉張牙舞爪的汙穢麥克風，熄滅那賊人的舞台灯，才能徹底消滅噪音，淨化紅塵。否則，永不打烊的紅塵噪音，是沒完沒了的！

上帝若要毀滅一個人，必先使其發瘋。有人說，狗咬妳一口，難道妳要反咬牠一口嗎？錯！時代不同了，這時，要回頭劈了那條可惡的政治狗打手。面對不對等的社會，沉默，最是不應該，它是助燃器，也是一陣怪風，瞬間閃燃；沉默，也是一種對惡勢力的妥協，亂世中人人當勇敢站出來說聲「不」。否則，好人都被打敗了，最後只剩下數不勝數的惡魔，關鍵時刻就無法拯救自己。如此，只有更加壯大、姑息奸人氣燄，也像匹脫韁野馬，橫衝直撞，撞江山、撞公序良俗⋯⋯。

水能載舟亦能覆舟。寵一個沒道德良心的名嘴或官員，誠如養小鬼，予取予求、受控無期，利益掛帥之下，彼此恐怖平衡、最後必遭反噬，也像失速列車，不理性衝撞，傷人傷己，自討苦吃。過度的言論自由，放任無度，那是政府的腐敗無能。亂世必用重典，還要借重一支寫春秋之筆、一張為正義發聲的口，導正世風。

所謂口誅筆伐？口誅—是痛斥奸佞、不公不義，矯正錯誤歪斜，而非欺壓無辜善良，筆伐—是聲討豬狗不如、寡廉鮮恥，而不是撻伐忠孝節義、寒門孝子。文明國家第四權，是超越民主的平衡法器，有箝制政府、公眾輿論功能，扮演行政、立法、司法權以外舉足輕重角色。千萬不該為了收視率，拂逆民意，成為當權者政治打手或地下指揮官、或為貪官汙吏擦脂抹粉的工具，踐踏第四權的神聖。既是一個為虎作倀的媒體，那就閹掉它吧！國家不缺添亂的機構。

最是不該，為偏袒某政黨色彩，自編自導、浸淫自己情緒中，自醉自嗨、一手遮天，利用人性的單純，展現狼性嗜血般的撕咬功，獲取選票，欺騙一些無知百姓。再說，那鋪天蓋地、毀滅性的誣衊，說的有手有腳，在短暫無法查證之下，一些短視者就輕信了，根本無幾人能招架！小蝦米也戰勝不了大鯨魚。若遇到一般良民，都認為算了，認賠、認輸，含淚忍下，就當荒野中遇賊寇，自認倒楣。致壯大那些職業人渣，一次一次得逞。殊不知，敵人面前退一步，等同讓步七分，全盤皆輸。所以，遇敵更要勇敢抗衡，個人勇敢，國家才會強大。

人人有知的權利，但，不包括偷窺和自導自演的假訊息。好口德，如聚春風一池，田野炊煙笑；壞口碑，如萬丈深淵，自挖坑洞往裡跳，然後滅頂。

末法時代，脫貧已不再是唯一目標，努力修〃好口德、好人品〃，找回丟失許久的善良人性，才是救世法則。心正，昂首闊步，自然養浩然正氣。一個靠媒體治國，建立在沙灘上的政權更是不久長；一個以狼性嗜血文化殘忍得來的成功並非真成功，來得急去得也快，那只是一坨短暫媚心泡泡罷了！瞬間瓦解。紛亂春秋，人人應反躬自省，別讓射出的一把無德違心劍，反而射殺自己，那才叫「真報應」。

並呼喚上天一支量尺，重重剷奸除惡吧！讓善良人類得到補償，回歸正常人性軌道。擺脫吵雜與恐懼，追求理性和平及馬斯洛金字塔高尚的生活品質，讓所到之處充滿裝置藝術、藝文飄香。

怒放吧！青春

最美的風景未必是山水，堅持所愛就是美。

妤菲，是一個心靈富有的十六歲小女孩，石碇高中品優生，文武兼備，平日樂與文字為伍，千里追書不厭倦。誠如，胸懷山川風貌一隻鷹，望盡千秋萬世不寂寞！

孜孜不倦，水滴石穿。文章底蘊，絕非一朝一夕。除了天賦，還需要有一顆深紮、努力的心，多閱讀多筆練。她。擁著滿身文字才華，筆力萬鈞，看不出綁著馬尾小小身軀清秀的她，側看有「猶抱琵琶半遮面」的柔美，其文字力道竟有如千軍萬馬，縱橫奔馳，收放自如。尤其，破題——有勢如破竹之威力，帶出氣象萬千；收尾——猶如一潭曼妙蓮花池，千嬌百媚，久久縈懷。

是一位時間管理達人。善於規劃自己人生，在父母優質引導下，不但，把自己的事安排妥妥切切，日常也從不教父母操心。像個文字天使，筆耕於隨時，揮灑間，但見芳華；字字如珍珠落盤，鏗鏘有力，剛柔並濟；筆觸如芙蓉映月，轉承啓合順暢，一點不打結。

學習獨處是種享受。她的人生觀是，若找不到相同key朋友，處女座的她情願孤獨。誠如，一隻威武獅子獨行林間，不憂不懼、昂首闊步，舉手投足間但見「雅」；若和不同key的人逛大街，就像狐狸成群，你推我擠，容易失分。虛擲光陰且不說，你一言我一語，言不及義謂之「俗」，就是浪費。

分秒不空過。若談浪費，她情願將時間投注在美的事與物上。尤其，流連圖書館或書局、搭車空檔…。享受那書中自有黃金屋的雅趣。因為，只有文字不搞背叛，又是最省錢的播種。於彈丸間，就可以成就風花雪月，填滿心扉。

文字雖平凡，卻可以救人。有人因一句得當，正好打入喪志者心間，如同枯木逢春，重新振作；文字，可以使人刀槍不入，勇敢向前，威武不屈，富貴不能淫。你接近它，愛它、讚美它，它必定回饋以金錢買不到的高尚情操—守節、守信、守份，還有千金不換的堅定與尊嚴。

一筆風采自己塗。生命的五線譜，高高低低，五彩繽紛，錯落有致。猶如，馳騁草原駿馬一匹，玲瓏動人；也如一軸畫，你要它旖旎、豐碩，它就像春風溫柔拂面過。而，文字正是它美的添加劑，有了它，更能填滿它，大放異彩。

文字見證歷史。愛文字的孩子和學音樂孩子一樣，對父母不輕不慢，自動自發，乖巧上進。忠貞破百，永不變調。方寸間，舉手投足—自律、自重、自愛。走在人潮擠兌的西門町和九份老街上，那鶴立雞群的氣質，一眼獨到。文字雖廉價，卻是穿越古今一條橋；也是，一個人永恆名片。

天涯有知音。山一程水一程，最是難得，擄獲文人雅士尋幽訪勝又一回。人與人間最大差別就是—讀書。腹有油墨氣自香，讀書令人抬頭挺胸，走遍天涯海角，自信洋溢，不隨風起舞，不人云亦云，進退有節，自有一套生活哲學，絕不因歲月流去、談吐無味。與書為友，舉手投足，書卷飄香，開口有物，廣結善緣；不喜歡文字的人，渾身八卦纏繞，像極草地阿伯、阿嬤，話不投機半句多。

一書在懷，就像春風流轉，走到哪順暢到哪！愛在晨昏寫詩，寫我青春無悔！愛遊走字裡行間，顯我氣宇非凡！

高低線譜，猶如沙漠駝鈴，清脆響亮，滿傳遍野山谷，伴月而歸，望倦鳥歸巢。

怒放吧！青春。於七月仲夏！

愛情、婚姻、孝道

愛情一直都在，卻是永遠難圓；
婚姻不是港灣，是一江湖賭局；
孝道本與生俱，卻是終生課程。

「真時尚！」這是和一個萍水相逢朋友惠美，無意間聊到人生際遇難料，命運也無法掌控，在得知我是單親後，竟吐出的一句話。令人一點也不難堪又震撼！

「小朋友，有誰是單親家庭的孩子。請舉手！」沒想到全班三十六位同學全員舉起稚嫩小手。她說，這是她孩子上小學一年級的第一課，不只老師震驚，陪側家長們更是錯愕！心疼啊！看著一堆稚嫩小臉，說著時代的痛。

喜歡處處瀰漫咖啡香的年代，雖然星星取代了淚水。可是，滄桑依舊。最是難過是，真情如紙薄，一代不如一代。海誓山盟只是激情下的不小心，責任且再說，保鮮期一過即閃離，讓下一代背負太多無辜與傷痛。

日昇日落，物換星移，轉眼數十秋。幾經歲月更迭，發達的3C產品已取代筆桿，電子書取代紙本書，捷運取代牛車，高鐵取代野雞車，手機鬧鐘取代司晨的雞鳴。

農忙的日出而作日落而息，已被變調的天光即出門到天黑摸著星火回家所取代。傳統烹煮三餐的家庭主婦已被外賣顛覆，外食族成為普遍。相愛容易相處難，在兩性平權高漲時代，大部份女人都有獨立經濟權，丈夫不再是唯一的天，對感情忠誠度相對薄弱，動輒劍拔弩張，常因一句「個性不合」鬧分離，留給下一代對婚姻無解的陰影和恐懼。以致不婚族和啃老族、晚婚族、隔代教養、陸配：紛紛綻放。通膨壓力下，雖是雙薪，可龐大開銷仍趕不上時代，更談不上生活品質，致結婚的不敢生小孩，買不起雅房…。有小孩的夫妻，常為教育、生活問題爭吵不休、凡：酗酒、吸毒、勤走地下錢莊…是常有，甚至，不懂開源節流，因金錢匱乏，持刀械行搶，鋃鐺入獄的也不少，留下多少不完整破碎家庭，也是時代哀歌！

倒帶早期農忙社會婦女，在沒有獨立經濟能力下，必須忍氣吞聲，有耳無口，即使被拳腳相向，為了小孩依然相忍為家，不吭不哈！為了面子，也默默承受，淚水只能暗夜傾倒，若到處訴苦，再次討打。女人尊嚴，在沙文主義作祟、男人萬歲年代下，是不被重視的。彼時，即使分手是不得已，也是默默進行，摸黑前進的限制級。不像現在的普遍級數，在婚姻觀念普遍開放下，舊瓶換新酒，公告周知，乃是稀鬆平常。尤其，在藝人、傳媒帶動下，更是氾濫成災，有樣學樣。

自近一百年西學東漸以來，大多盲目跟風，一股腦崇洋媚俗，忘了中國老祖宗庭訓——三從四德。只注重外貌協會和感觀刺激，更是忽略「內修德外培華」。擇偶路上，早已拋開父母命、媒妁之言或門當戶對…的門檻。除卻傳統枷鎖，隨興自我，致因懷孕中輟學業，或墮胎、先有後棄婚、同居不婚的一大堆，搞亂社會秩序不說，賤賣的是青春與貞操，也是時代的莫可奈何！

誰說女子無才便是德？可真卯起來一點不輸男人，只是被強壓抑，女人是既有才又勇猛的。古今以來，女人更是幫襯另一半的賢內助，韌性無比，潛能破表。早作晚歇，任勞任怨，婉婉有儀。對比早期的婦女不禁更令人豎起大姆指，一婚到底，相夫教子，從一而終。永不疲憊的愛，是為一個家終身奉獻廝守。

越是艱難環境愈是堅忍不拔，外在雖柔順，卻能扛天扛地，培育出類拔萃兒女立春秋。古有多少偉人，背後都有一位有見地、忍耐、識大體的偉大母親。如：岳飛、歐陽修、蘇軾之母…，今有李奧納多、周杰倫…也是來自單親家庭成功長大的孩子。與其天天爭吵不歇環境下長大的孩子，不如在平和環境下，專心教養出的單親孩子來得單純健康。因為，吵架會錯亂孩子價值觀，搞亂海馬迴。

父母總是時時刻刻心懸兒女命的。有些風水師說，母子連心，子女身體有恙，第一個感應到的是父母，聞子有事，終日牽腸掛肚，擔驚受怕，直到平安無事才放心，尤其是母親。

所以，子女的婚姻也會牽動父母心，甚至有人說，子女離婚就是對父母不孝，因為，最痛是父母心。覆巢之下無完卵，一個家破碎了，最可憐的是孩子，也憔悴了父母心。從此，展開顛沛流離、看人臉色的日子。

百善「孝」為先。所以，慎選伴侶好好過一生，也是為人子女該修的一門功課。奉「孝」為千古不墜的美德，孝為天之經、地之義、人之行也！教忠教孝更是中華文化主流標記。但是又無奈！多少人不敵前世因果債糾纏，這輩子來償還，終於慘輸在人生這局棋盤。只道是天涼好個秋，一切唯命是也！

婦德之美，美在風韻，贏在內涵。俯瞰中華五千年浩瀚長河，觸動歷史塵埃，期待失落的真情和歷史重逢，找回愛的真諦，讓優美婦德重振中華雄風。

讓可愛的孩子恢復純真容顏、不再寄人籬下，讓一個家因為健全，有爸有媽，有孩子笑聲，開花結果，代代傳承，瓜瓞綿綿⋯。

讓女人不啻是一個家的港灣，亦是一家燈火、宅院井泉⋯。

狗小三的春天

雖然，牠是一隻四條腿的，可是，女人的嫉妒心、佔有慾，牠一樣不缺。

一家人的精采，因為有妳，謝謝妳！

紹華夫妻是一對以娛毛小孩為樂的絕配。愛心滿分耐心有餘，一隻又一隻，大狼犬去了，改養寵物犬，最近一隻是有血統保證書的吉娃娃。因為逗趣，懂人性又乖巧，深得全家人的心。討喜程度，讓這家人恨不得牠會開口說話。

一家人最歡快時光是晚餐後的閒適，夫妻倆卸下整天疲憊，難得沙發一坐，正要觀賞前方電視節目，完全忽略一旁可憐兮兮、被冷落討抱抱的眼神。這時的牠，乾脆四腳一蹬，擠上夫妻倆中間，彷彿宣示主權，告訴主人：「我思，故我在。」在主人夾心層溫熱中，安心地做起牠的春秋狗大夢。

路上除了和雄犬兒或貓咪相遇，牠會呲牙咧嘴沒氣質外，平時，算滿和善的，趣事可是一籮筐。有時，女主人煮好滿桌佳餚，覬覦許久的牠，掐準時間，會眼尖腳快地偷了盤中魚迅速下肚，待一家人準備用餐，始發覺桌上魚兒跑了，而，牠正是千夫所指的元兇，看著牠飽餐後求饒眼神，恨也不是罵也不是。

「是你喲！」知道闖禍後，會裝無辜地靜靜縮在牆角，等待被大刑侍候。「寶貝！手腳好俐落啊！這次原諒妳，下次就開腸破肚撈魚喔！」男主人蹲下摸著牠的頭，不但沒責備，還愛憐地讚美牠、並恐嚇牠一番後輕放了牠。可，有一就有二，恐嚇無效，上演的是─恃寵而驕的伎倆。

除了，早晚大小解是牠固定快樂放風時間外，偶而，翻翻垃圾桶也是牠打發時間方式，一團凌亂後，家法且再說。每回逛大街，看牠穿戴漂亮衣帽時的跩樣，不知羨煞多少路人甲和毛小孩，無不稱牠命好！假日，買菜的機車，牠一定是坐上賓，寶座當然是二人中間。

閒暇，夫妻倆前庭邊泡茶邊嗑瓜子聊天，牠為了引起注意，會以最優美坐姿杵在二人座前方，明眸大眼，一臉討拍樣。是全家人寶貝，也是迎賓狗。凡來客一眼即喜歡、愛上牠。常在泳池中和孩子玩接丟球遊戲，不亦樂乎！有了牠，全家和樂融融，歡笑聲也增多了。

牠的地位，相較於女主人身上被關注程度，肯定超出，全家人都說牠是一隻狗小三，不但搶盡女主人光芒，還要人全天候目不轉睛聚焦牠，於是，小三名號不脛而走。嘖嘖稱奇！凡女人爭寵本事、嫉妒心，牠樣樣齊全。全家人也樂意成全牠、寵牠，任由牠在這個家耍任性、耍無賴，延續牠前輩子未完成的女人夢，誰教牠是如此惹人疼愛─懂人性，聰明又伶俐，也是開心果一個。

「謝謝妳們全家人愛我！我彷彿住在安心碉堡的小霸王！」相信，若是牠會開口說話，此句話會是牠的心內話。以狗狗的視角，用心看世界的感言。這也是牠前世修得，誰說淪落畜生道不好，卻是來報恩！來享福的呢！

挑戰生命極限

她用雙腳寫她獨一無二精彩人生章節。

自創一幅美的作品，用自己的畫筆，揮灑自己天空，且淚且學。雖然，生命對她來說，是一場拚搏，只能前進，無退路選項；雖然，破碎、悽愴，可，她就是美麗，美得令人肅然起敬！在此同時，也為黑暗角落，際遇相當、多少不為人知的苦難朋友們加油！

來自朋友YT分享影片。一位因意外丟失雙臂年輕少女，明眸大眼，不但走入婚姻，能生孩子、打理自己，還能煮三餐、準備營養早點給二個孩子享用，趁著孩子用餐時，邊收拾廚房邊整潔環境。

一早起床，脫離棉被，即以敏銳雙腳奮力站起，開啟正常人上班模式。穿衣、洗漱、整髮、描摹眼線還上睫毛膏，修容完妥，口銜桌上吊鉤嫻熟套住褲頭放低，以斜角度順勢將吊帶拉上肩膀，雙腳一套，一襲超萌吊帶連身褲就大功告成。當下，在衣袖遮蔽下，她就是美少女一姐。

台上三分鐘，台下十年功。求人不如求己，看似俐落動作，却是多少個暗黑日子，含著淚水苦練完成，幾度曾想放棄，因為沮喪。可是，苦難的人，是沒有悲觀權利的，透過日以繼夜苦學、苦練，終於扭轉局面，成就自己一片天，到處演講，昂首立天地。雙腳萬能，不但能穿衣褲，還能撲腮紅、上唇膏，開關水龍頭、也能點眼藥水，煮開水泡咖啡…，動作靈敏度，一點不輸四體健全的人。還能幫小孩綁頭髮…，看著…看著，不知來回了幾遍，淚水早己滿眶。好個殘而不廢、堅強的女性。

為母則強。一個偉大母親，為了孩子，不放棄的永遠是母愛的本能；為了尊嚴，一切從頭學起，把自己活成人模人樣，二個孩子也養得活潑、健康、可愛。

感嘆一些手腳完好的正常人，常因一時挫折喪志，結束一切。或者，悲春傷秋，為賦新詞強說愁，永遠掰不完的小不如意，一層又一層，屢戰屢敗下，心如槁灰，做事提不起勁，好像全世界皆與他為敵，不想學習、不想前進，為錯誤不斷找藉口，得不到寵愛，就放棄自我，成就廢人一個。當一個人動輒升高仇恨值的負面情緒，失去熱情那一剎，世界永遠不再美麗，成功也跑了！

紅塵滾滾，誰都是來修功課的，有酸有苦有甜有美、有成功有失敗。當，面對沮喪失意時，何妨回顧生命存摺，看看曾經擁有的。原來，自己是那麼豐富，曾經被重視過、被關心過，有爸媽疼愛，有家庭溫暖，不用過躲防空洞、過有如驚弓之鳥的戰地日子…，正向看待這些正資產，擦乾淚水，重新打包紅塵行囊，帶著感恩的心，從泥淖中站起，重燃點一盞光明灯，照亮自己、照亮周邊，不造成社會負擔，找回尊嚴找回信心。

擁著一顆勇敢的心，跨出了第一步，前方的路，就沒那麼令人畏懼了。跨過心牆，摘星夢就不遠了。信心就是光，相信自己，就能散發獨特魅力。生命若碗，能裝粗茶淡飯香，也能裝山珍海味美。只要心安，一步一腳印，安步當車是幸福，簡衣縮食也是福。

與其詛咒、抱怨命運，心情低落、哀傷，不如自立自強，乘風破浪、逆風揚帆。有了面對的勇氣，看準前方，恐懼自然減少，活出生命正價值。

勇者，是收拾停不止的淚，一心向命運，挑戰生命極限，創造生命中之不可逆，心態改變了，世界跟著改變。

人生若水，唯有走過方知水深，那才是自己心安的基石；有夢有力量，除了勇氣，帶著一顆築夢的心，打開心窗，讓陽光灑入，也讓自己成為別人的陽光，不怕風吹雨打，更為天地添顏色，拓染出一幅珍貴、美麗人間畫布。也算是對宇宙小貢獻。

莫驚鴛鴦。。。

莫驚鴛鴦，請勿打擾！

天地之大無奇不有。紅塵滾滾猶如一齣戲，你演不出的別人替你演。春花秋月、花紅柳綠，各有它的綻放與姿顏，只要不傷人，何不大方聆賞它！

上班日，周間中午風光無數。有匆匆趕赴午約的、有帶幼幼班小孩回家的、有趁一小時半時間，來個簡易按摩、或小幽會一番的…。而，我只能尋求飯後簡易又方便的市府內外通道走一回、偶爾逛逛地下街…。雖然，周邊有高大建物、101、新光三越、阪急百貨連通道…，到處是琳瑯滿目的櫥窗風光或蝦皮中心，也總是匆匆略過。

來往人群密密如織。其中，最吸睛就屬二位女性每天中午廊道上的展演。雙手交疊，彼此廝磨甜滋滋的上下愛撫，談不完情話綿綿…，看著那白皙手臂的相互搓揉滾動、臉上洋溢是幸福滿分，本不以為意，以為是好姐妹吧！偶爾見個面，彼此相互加油打氣。後來，方知，那是一對戀人，同性相吸，彼此正沉醉情話方酣時分的短暫相聚，每天的妳儂我儂，此刻正陶醉！

眼中只有彼此，無視外人擦肩而過的側目！來去匆匆，不知來自哪單位？也不知回到何單位！此時，同路段的，都儘量不打擾她們愛戀情濃鴛鴦路。

天地之大無所不包、海納百川不拒細流。人權進化之下，百花齊放，人類應以平常心微觀兩性平等，也是一種高度和雅量。

蒼穹一爐，有人逐名，有人逐利，高手過招，各憑本事；有人結廬山水間，淡泊一生，追求物外之趣，各有所好。

而，當夜深人靜，細細思索，什麼才是自己的傾心追尋？而，又有誰能陪我們到最後？恐怕每人都一樣，再怎麼至親至性、親密伴侶，最後也必定只有影子隨行。精彩過人、幸運的，或許有另一半陪你共賞夕陽、共看日出，有親人陪你同進同出，有朋友陪你大街小巷、有知己莫逆一起上山下海⋯。不管是心甘情願或宿命相牽扯，總是一場美好邂逅，刻骨銘心，也不枉塵世一回。

鳳求凰，更是自有人類以來的最無解。也是一段哀怨情仇來糾纏吧！可能，因為累世演出太驚讚、太淒涼、太纏綿，遂驚動月老或玉皇，特准她們今生再來接續未竟前世情緣。

趁週休，找個基隆初冬的雨后一窗耍廢，來個室內下午茶，看壁爐燒個暖烘烘，欣賞雨姿千百，有傾盆、有柔細、有霏霏⋯，透窗外，看正常老夫妻傘下平靜牽手踱步、情人雨中相擁吳儂軟語⋯，再觀多情的她們友善世界，造就宇宙之下，愛的語言千千萬，也是美的旋律轉呀轉！

浮生風光，手握指揮棒，希望人人都是一個快樂、充實的指揮家也是演出者，找對自己的路，演好自己的戲，溫暖慈悲，繽紛無悔！評分就交由他人，毫無旁騖，心安理得！

誠如，走出籠中之鳥，各自輕盈展翅藍天底下，今生情今生還，下輩子再華麗登場，已然零負擔零罣礙！

祝福她們，放下，才能海闊天寬——醉看台北雨！

放下，才是前世今生——最美的句點！

晚安！漁村。

穿透雲霄的震憾—美麗的心碎。

乍到漁村，處處新鮮。那是一座隨時在更新的文化城鄉，也是國際之都，因美麗夕陽而揚名。

疫情關係，已封喉多年，除了搭捷運上下班，幾乎足不出戶。遂遷移到有山有水有景的觀海鳥居，一解到處是水泥叢林、心靈荒漠之苦。否則，還真是寂寥。偶而上yt聽幾曲好的樂音，期能潤沃心靈、豐富生活品質。下班時分，總是捷運、輕軌、公車交換搭乘。若搭乘捷運到總站淡水下車，常常刻意遶道另一側空曠廣場，雖然，有多組街頭藝人展演，幸運的話，會拾獲「天籟」之音。

「孤獨對我來說，已經真慣習，一個人來過日子沒什麼……，因為我的名字叫心碎……。」

星期五下班已近八點，趁雨歇，慢踱面海廣場，立刻被美聲吸引。一曲又一曲，也有過路人美妙伴舞。隨著像磁吸般的歌聲，停下腳步，靜佇一側聆賞。是什麼樣滄桑，才能傳遞出如此的哀悽，聲聲呼喚人心，彷彿勾勒我心深處一幕又一幕，不覺淚水盈眶⋯。幾句簡單歌詞，唱出命運無奈，人醉自醉，透過那微微沙啞嗓音，將悲歡解釋透徹，動人神魂。

在這靜靜河邊，星空下，此時，唯有他獨特歌聲是清醒的。再觀他的肢體，腰部以下，只有殘缺二字形容，唯靠特製輪椅艱難支撐上半身。沒想到，於他清秀臉龐下，竟蘊藏如此有力、厚實的音色。讚嘆老天公平！人，只要不放棄，處處有窗！而，開那扇窗之人，永遠是自己。夜色已晚，越來越多被歌聲引來的人潮，有飯後散步遛狗的、有慕名前來欣賞的、有情侶手牽手漫步的、當然，也有觀光客、異鄉人⋯，人人臉上無不是充滿著期待、欣賞、驚嘆！而非同情。悄悄地，跟風移動腳步，走到捐款箱投下一份鼓勵，帶著滿滿感動，輕快地踏著月色，轉搭公車回鳥居。

車上一直縈繞著那首ktv高點播率的熟悉弦律，因疫情關係早已快被遺忘的──心碎，由鄉土歌手陳雷原唱。一首普通的歌，透過不同唱腔，竟唱出非凡正能量，鼓舞了人心。生命，自會自己找出口。堅強，是苦難人唯一的一條路。自幼即對藝術方面有偏愛，凡：鋼琴、古箏、小喇叭⋯等樂器都小有涉獵。差點讀上音樂系，只是時代的拮据，在學費昂貴之下，中輟聲樂和鋼琴的學習路，成為正統音樂的逃兵。

美好回憶，結合眼前嗓音，自璀璨淡水河邊勻盪開，原來，在有如流水時光中捕捉過去的點滴，竟也令人低迴不已！

今晚，就讓這首歌，向漁村道聲晚安吧！

輯四、昨日風景——

時光之河不停流著，
往事不斷倒退著…，
一列光陰火車搞擱淺，停格昨日風光，
模糊了她的臉。
此刻，她只是一道過時風景罷了！
縱然，前方有美，
奈何！已經不會有她。

這個夏

清脆嘹亮。那是悅耳的蟬聲伴著思鄉情濃。

忽而尖銳、忽而細絲。推開29頂樓大門，參天樹叢裡的蟬鳴隨著我們造訪，瞬間熱鬧起來，這會兒，牠們叫得更起勁了。朋友好奇循聲找去，突然，一大型蟬隻頂著尖銳聲衝出茂密樹叢，眼前「咻」地揚長而去，彷彿宣示主權，嚇壞一票人。眾人笑說：那應該是隆重迎賓之禮。

眺望前景，湛藍天空下，右前方是浩瀚台灣海峽、待竣工淡江大橋，左望是遙遠101、觀音山、玲玲瓏瓏…，建構出一幅繽紛無敵淡海夏日風光，忽然，憶起童年花木扶疏的故鄉—嘉義市自來水廠日本宿舍的家。來到台北，幾度滄桑，幾番更迭，重遊故鄉舊地，早已高樓林立，昨是今非。故鄉已遠，輾轉換屋後，依然喜歡綠意盎然的居住環境。早晨，常在蟲鳴鳥叫聲中被甦醒，更覺親切貼合。

那熟悉的聲音，讓人憶起小時候，庭園前後不絕於耳蟬兒爭相表現，裝點寂寥晨間。晚夜帷幕下，則是螢火蟲輕盈穿梭。白天，一牆之隔嘉義高工校園內，是自來水廠排放洗沙路徑溝渠，清澈無比。放學後，常翻越圍籬牆面，沿著水路，下水溝抓小魚，軟泥小石頭下，常見小蜆、蝌蚪、鱔魚…等，抓抓放放，不在數量多寡，重在好玩，有時興奮過度，漁獲滿載，拎回家炫耀想討拍一番，則會被無情家法款待，立馬放生溝渠；房舍圍籬另一側的半山腰，則是金黃稻香禾浪田，牆內，有木瓜樹、高大椰子樹、朱槿、七里香…。偶而，也會鑽進田埂竹林裡追逐蝴蝶，這樣的童趣環境，比起現在城市小孩，簡直是天王級的幸福。

假日，一路鐵馬單騎伴著蜻蜓，騎在紅紅火火鳳凰花開的兩側路上，繞一大圈後，由學校正門側邊小門溜入，那個年代單純，和警衛打個招呼即放行，逕達寬闊湖邊，水中除了紅紅綠綠睡蓮、夏荷…、倒映的楊柳葉左右款擺，還有朱雀、白鷺鷥、松鼠、野貓…藍天底下、瀑布旁相互戲耍。空曠靜謐四周唯有風聲盈耳，儼然蘇州河畔濃縮版，那是童年仙鄉、幼時的奢華風。除了教室和多情蟬聲外，空曠校園，就差一匹駿馬奔騰馳騁。

擱下鐵馬，坐上一旁咖啡色石板長椅，靜靜聽風，眼前好靜謐好舒爽，腦中編織的是一幅畫，希望手指一點，畫面是牛郎織女相擁在湖前，繾綣纏綿，訴不完蘇州河邊情話綿綿。濃得化不開的情懷，掉落滿地。乘風而去的是相思不了情，隨著蟬聲漸漸淡…，童年漸漸遠…。

一筆在手，風無聲、思鄉無聲、相思也無聲，唯有蟬聲高唱，聲聲亮、聲聲揚…。

眼前，豔陽底下的海，是銀色刺目的，海上摩托車來回奔馳，遊艇也悠哉穿梭著，對面八里山的線條，似悵然、似傲然、結合蟬聲陣陣，那是樓窗以外仲夏的呢喃！

眼前山河無限美，此刻……，此刻…更思鄉。滿眼山色、滿眼海色，霎間雙眼模糊…。讓人想起一首歌：聽我把春水叫寒，看我把綠葉吹黃…。

十二月的章節

那日，舒伯特小曲流淌著，彷彿訴說—生命美好。

「怎麼了？」「昨晚送醫院了」、「醫生照過X光片是肺積水」、「畢竟老了，器官衰竭，哎！」路過，被同事交談內容驚嚇到。看二人面色凝重，彷彿談論著人的生死大事。「誰住院？」於是，停下腳步關心了一下。

「是一隻鼠！」其中一位主任匆匆答著，繼續聊搭。鼠？天啊！真是友善人間友善天。後來詳知，是隻陪伴她家小孩多年的倉鼠生病，一家人已認定那是成員之一，和那個家感情早已密不可分，所以，全家人超難過。終日相處下，養著、餵著、日日夜夜關懷、呵護、寶貝著…。當牠老邁，生病、衰退…全家無比難過、束手無策。

初始好用心，為避免動物屬性一胎多生，於是，一鼠一籠隔開養著，不但細心且專業。聊談中得知，當晚病兆出現，即透過養鼠協會介紹的機構—非犬貓專科醫院急診並住院，等同人類加護病房，為避免該機構成為無良主人任意棄養場域，凡入住主人必先繳交一天一萬元保證金，醫藥費另計，以杜絕棄養潮氾濫成災，出院再領回保證金。

緣起，是某日她女兒逛寵物店，無意間由老闆口中得知，若這些小倉鼠幾天內無人認養，將送去動物園餵蛇⋯。小女孩一聽，當場嚎啕大哭，於是，立刻央求媽媽搶下三隻帶回家飼養，為避免鼠性出事添亂、子孫緜延不斷，於是，實施簡約節育政策一籠一鼠。其中主任說，她女兒嗜鼠如命，於她們心中鼠命簡直比她這老媽命還珍貴，朝也問安、晚也問安，愛護備至。孩子們說：一日鼠奴，終生幸福。於是，那日起，全家開開心心當起了大小鼠奴。

鼠的配套精緻又多元。凡：滾輪、散熱板、玩具、外出籠、鼠砂、廁砂、飼料⋯等樣樣備齊。尤其，倉鼠特愛玩滾輪、以排遣非空曠、狹隘空間之苦，智商和三歲小孩差不多，聽懂人話，愛乾淨，愛撒嬌，和老鼠比起來相對好養。

鼠齡，一歲是人類的70歲。其中，一隻已二歲多，等同人類七十歲以上，瘦骨嶙峋，四條小腿腿抽長如細絲，所以，全家稱呼那隻為老奶奶。喜歡靜，謹記老闆交待：千萬勿將鼠籠放於電視機旁，牠會不安、煩躁，來回攢動，影響壽命，所以更加小心翼翼。

三餐亦不喜暴飲暴食，儘量投以均衡飲食、定食定量。在愛的餵養下，牠們享受著人間幸福食譜。也是一個不喜歡社交的宅宅小動物，更不喜歡室友，喜歡獨處。尤其，住院那隻，探病時間還是加病規格，不但探視定時，聽見主人聲聲呼喚，還會敏銳抬起頭，一副小可憐樣，惹人心疼。住院三天在醫師搶救下，終於平安脫離險境，就差沒吊點滴。主人前後共花掉七萬六左右。出院日，領回保證金，全家喜孜孜捧著牠回到溫暖的窩。也遵照醫囑，需定時回診。無奈！生命終有時，三個月後，老奶奶仍不敵衰老天命，食慾不振，不斷呻吟、嘴兒無力張合，氣息奄奄日漸微弱⋯，某日，就在美麗女主人含淚不捨的祝福：「放下，去另個世界當天使吧！⋯」，安息在她溫柔懷抱中！

無獨有偶。想起幾年前圖書館一位朋友分享。她家已長大的兒女，當飼養的犬犬凌晨歸西時，全家砰砰磅磅、驚天動地，全副武裝，哭得唏哩嘩啦！當洽談好相關事宜，連夜迅速送往寺廟火化進塔，儀式一點不馬虎、不輸人類。朋友笑說：若哪天她老去了，不知有此隆重被對待之規格嗎？大夥也哄堂大笑：「肯定沒有！」

千金難買一份快樂，而快樂完全存乎一心；當心寬容、接納了，世界也跟著美好寬廣了；視逆境為尋常，以平常心，體悟生命來去皆是自然法則！

善是養分，愛也是養分，就讓美善充盈，潤沃心靈。在人類精神進化之下，繽紛寰宇，處處成為一座美善花園。

知所進退

恭喜妳！妳於屆退之齡，升格為「鼠」長，人人喊打。

站立樓高處，不忘平地磚；坐上快速艇，莫忘來時風。

一隻小姆指，如何煽動江山風雲、搞到千里變色？一隻小姆指如何肖想武則坐天、號令天下？真是自不量力、傲慢無禮。乏善可陳，唯有演技勝出。

如果，妳還想保有格調，希望妳能知所進退，接受合理安排，別為難眾多菁英長官。這是莊嚴職場，演技剛剛好就好，演得太過火，丟失尊嚴，出賣的是臉皮與自尊。

如果，人的身份，是以五根手指頭形容高低，此刻，卻為何不見有大姆指首領級刀劍出鞘，除妖斬孽？偏偏讓小姆指凌駕於上，呼風喚雨、昏天暗地，指東說西，下指導棋而莫可奈何？不斷縱容小丑跳樑。那麼？職場倫理如何導正？職場正義如何伸張？

一根小姆指，何以膽敢指揮江山？莫非…？更看不見有權者的心和眼，只看見演者絕佳演技，致江山灰濛濛！錯亂了乾坤秩序，致麻雀直想當鳳凰的夢不斷。

一個謊話連篇偽君子，就像汽球膨脹過度，需要一根撥亂反正的「針」來戳破。如今，最需要有人扮演這根「針」角色，狠狠戳它一把，讓假象無法得逞，讓旁觀者，拍手叫好。

自卑，總以自負當前導。真正富有的人，是鞭策自己於站立高處時，遍灑陽光，讓人感受得到溫暖，下山時能讓人懷念。而不是，客棧打烊時，昧心昧眼急於營造假的光源，繼續騙山騙水，繼續坐大。然，卻經不起一陣風，瞬間黑暗；經不起一場雨，立馬土崩，被人看破手腳。

再說，欲知今日果，且問昨日因。春耕秋收，凡，天地法則—耕耘與收割是成正比的。若不重視平時播種揮汗苦，哪來秋收儲糧笑？人情，不外乎平日人脈經營法則，勤加耕耘者，必歡喜豐收！

古早人，慧眼識英雄；現代的人，會演是英雄。如今量尺已沒，因為演者抬頭。更不見中國固有美德—誠正信實脫穎。因為道德的淪喪，人類價值觀己偏離軌道愈來愈遠，只留下虛假和赤裸裸的臉皮掛帥，凸顯著敢巧取豪奪的人才是王道。自重自律—早已被沒收。

小人心中狹隘，表面笑嘻嘻、春風春雨不著痕，背後抽刀捅妳千萬把。若真遇到，有如強颱掃過，求償無門，投訴無處，自認倒楣。人說，寧可得罪十個君子，也不得罪小人一個，因為小人難養也！小人出頭世風不興。彼此，相互出賣、相互取暖，才是她們眼裡的真。卡油、卡風也卡利，習慣性的卡估，陽奉陰違、挑撥離間、落井下石樣樣來，不斷累積過錯，永遠期待別人的包容，期待對方不記小人過。而，想當君子的人，就別計較得失了，讓利永遠是小人的勒索無度，得了寸進了尺，你退一步，她前進三步，妳就活該忍受她對妳的傷害吧！當被冠上「君子」帽子，妳就得一味忍讓，被禮義綁架，成就了「傻蛋」一個，任宰任割，坐實了委屈不但沒有求全，反惹一身狼狽。外頭的她，早已顛倒黑白，掀起滔天巨浪，打人的喊救人，千錯萬錯她沒錯都是別人錯，這就是「縱容」惹的禍。「氣焰」是日積月累的，也是君子成全的。

問世間，有幾個諸葛亮明君？於混亂職場，扮演政治家、拓荒者，也是包青天的角色，能強力斷出黑與白。難尋！君子坦蕩蕩，小人長戚戚。只能親君子、遠小人是人人的衷心期盼。可是，別以為自己坦蕩別人亦坦蕩，非也！一樣米養百種人：林子大了，鳥種必然也多，眼花撩亂。唯有，少說多做，擦亮雙眼，方是保身之道。也因此，讓我更加相信人間仍有美，因為她的醜陋嘴臉，貪得無厭，我笑看人性百種臉譜！簡直，嘆為觀止！

強者，於藏拙中壯大自己，展現光芒，贏得美名；

弱者，於多言中矮化自己，左支右絀，輸掉自己。

說話藝術

不是我變聰明，而是更懂了「口」字不簡單，看懂一些人一些事……。

口字，內涵任你填任妳塞，可填咖啡、填寂寞、可塞冷、可塞熱、亦可填損德、填福報。說話是門藝術，說得好是春天如蜜，說錯話便是風雪交加了。話多不如話少，話少不如話好，話好不如話精。敞開胸懷，內心溫暖了，所看之物皆是美得有溫度。凡事包容善解、感恩，則口出必蓮花，所見必陽光，所到必掌聲。

所謂：話不投機半句多。順眼、順心、順意便是合度。人群中張口閉口皆學問，不以自己粗淺偏見度別人，學習藏拙，別讓口一開即洩了底；身處異域，不因一場雪，而錯過歸鄉路，勿論天涯海角，讓前方一定有路，是永恆的信念，終於，望見故鄉的月。

老一輩常說：嘴誤身。一個人心地壞沒人知，因為心是藏在裡面看不到，可是，嘴兒壞，一開口即讓人知道腹裡幾兩重！破功。即使再多的料，別人已沒耐心深掘，更沒興趣搞懂，錯失許多良機。可見，謹言慎行何其重要？是量尺也是分數，更是人脈橋梁。

千萬別活在自己的象牙塔中，只關心自己的象牙能賣多少？若不隨時耕心，與時俱進，多學、多看、多聽，人群中不啻談吐無味，見地膚淺，亦會被夥伴排擠唾棄，踢往深山，成為離群索居孤獨老嫗一個。

大環境裡，放眼，人模人樣卻沐猴而冠的，比比皆是。有學歷的不等同有文化，高位階的不等同高水平。所謂：寒門出孝子，亂世出忠臣，礦堆中蘊藏多少珍珠，一灯煢煢下，多少寒門苦讀，十年寒窗沒人知，一舉奪魁天下知，從此走入仕途為官之路，皆是來自不凡人格養成。除非，是母鴨換來——假的。否則一定出類拔萃。

官箴是福人，不是唬人的。使用不當，官箴不但容易成為殺人利器亦能傷人於無形，口口綿針，不但損德也是折福，自暴其短。登上官字路，更要下功夫勤耕修口、修心、修身這畝田，才能恰如其份，如虎添翼，積德、積福、造福。否則，只是隻穿上衣冠的猴子罷了！金玉其表。裝模作樣一番後，充其量還是一隻猴仔。

一朵玫瑰，即使長在荊棘中，亦有它超然之美，燦爛奪目，令人百看不厭，千萬別讓滿身的芒刺打敗自己；也別像住帝寶的精神乞丐，表象是財大氣粗，一張口即露出饑渴樣，狼吞虎噦，粗鄙不堪，名不符實。惜哉！

人群中，難免口舌紛爭。禍從口出，如何讓一口霧成一口春，守住春風無限好，讓處處綠意盎然，讓每人都是奇花異卉一株。不裝自滿只裝謙沖；不裝悲傷只裝樂觀。

地球村也是藝術村，衷心希望，因為有你(妳)美的揮灑，使整個地球村更非凡更燦爛。

茶韻如友

莫逆是由一連串考驗拾得。不因時空背景改變而有所改變，氣場定調。

「要吃嗎？」去年仲夏午后，妳我二人閒逛淡水老街靠海那側，炎炎夏日，揮汗淋淋，看著大人、小孩把淡海假日擠得滿滿滿，有的替小孩搧風，有的扶老攜幼、有的邊走邊享受著霜淇淋、有的情侶隨意坐在海邊簡易桌，來上一碗鮮豔欲滴溢出碗周邊的剉冰二人共食一碗，搞得服務人員和行人無不手忙腳亂，還有的站著就猛k起冰品，和陽光比快，否則，瞬間融化流入淡水河。

看著看著……，我倆互望一眼，因久未碰冰品，怕傷身…又禁不起艷陽下的誘惑，沒考慮太久，於是，彼此默契的點點頭，加入排隊行列，取了號碼牌等待叫號。因時代不同，一碗竟要價110，貴得也開心。當手握扎實碗上剉冰剎那，竟有著少女年華般的雀躍，滿滿感動上心頭。

朋友易得、知心難求。相識滿天下，懂我者能幾人？妳我相遇不同領域，亦師亦友亦知己，難得在相同場合，取得共識。不矯情、不拘泥不做作。有朋自遠方來，偶而放任一下又何妨？

如果，有一個不同領域的人，在妳惶惑、陌生時段，願意分享各層面生活點滴，給妳力量，成為妳人生的山脊，進入彼此內心世界，進而交換信任，不搞背叛、永遠疼惜，那才是一生真正資產、一輩子的好風光。

一向不善唇齒、不善觥籌交錯的我，不喜當菟絲花，不喜當牆頭草，唯憑一身正氣立天地。也因一份單純無心，物以類聚，人群中，我尋獲不少至寶莫逆，關鍵時刻，這些人可都是貴人菩薩。經驗法則教懂我—朋友，在於精，不在多。尤其，一個妳，一位公務界菁英幹部，透由二眼觀心正、說話簡潔有力，句句切中時弊，擲地有聲，凡開會、座談會…，果斷精確，十分簡潔。

無信則不立。從不應付式的交談，句句真心，掌握分寸，進退得宜。敢言敢行、說該說的，不畏強權。為弱勢發聲，正義當前，展現的是職人魅力風骨，永不向惡勢力低頭。

「容」山容海容丘壑，「伶」伶可人一飛鳳。花蓮媳婦、高雄女兒。貌似蓮荷滿池漾，一心綻放姿顏俏，呼應上天給的愛。陽光底下，朵朵片片，彷彿深印妳額前雲來雲往，晶瑩飄逸。

隨時充實自己。也因想完成留學的夢，於幾年前，赴日留學，並取得碩士學位，回國即投入職場。精采飛揚。不但是朵職場繽紛玫瑰，亦有一美滿家庭，夫婿任職警大教授，教而威則武，高大挺拔，謙和有禮，育有二位女兒，各個優秀，氣質出眾，並各覓得相當好的歸宿。

因夫妻同心，得天獨厚。於十幾年前，選在林口購得一透天別墅，地段迷人，鬧中取靜，交通便捷，四通八達，並為婆婆備有一間孝親房，方便隨時來關心。除了，可以眺望的觀景台，特愛其側牆邊小公園，彷若一秘密花園，絲毫不被打擾，唯一嬌客—松鼠常來拜訪。

天道酬勤。從此，家庭順遂，鴻運當頭，步步高升，一路順遂。不但職場上應對通達，家庭秩序也運作自如。工作和家庭一點不違和，井井有條，一家圓滿幸福。

好友如茶韻留香。專家說：朋友初交看禮貌，長期交往看忍度，一生交往看人品。勿將心情毀於一個不值得的路人甲。知我者，不用解釋自然懂我；不知我者解釋千遍無用，因為不懂。的確，妳我初邂逅也因一份相知相惜，所以，結為莫逆。

專家也說：看一個人情緒管理擇友—超準。失敗時，不抱怨不訴苦；成功時—不驕傲不自滿；面臨兩難抉擇，果斷，才是智慧。於妳身上，我看到的是妳永遠的修為，圓融細膩，這才是最大贏家。

透過人性面角，由小處觀，能洞悉一個人內心善與惡。若遇一個零加分，處處扯後腿的朋友，就該割席絕交，不拖泥帶水，該丟則丟，否則就是浪費生命。在妳嚴謹擇友防護罩下，我更看到妳不但是一個恩威並重的長官，更是一位寬以待人的朋友。

每人今生所遇樣樣皆有。有扶持我們的、有愛護我們的、有看笑話的、有背後插刀的……。這就是人生海陸大拼盤。如何在複雜人性中，抽絲剝繭、萬中選精，也是一種學習，由歷練中看清人性險惡。沉澱，更是該有的判別機制。

眉低一寸潤水草。職場上，妳如似芬多精般放送柔軟芳香，滋潤職場各角落，使得遍地青蔥百花開。

磁場對的朋友，套一句貼切用語──誠如馬鈴薯（薯條）＋番茄（番茄醬），站立相同土地，來自不同領域，卻能融合在一起，經過歲月多少淬礪揉成後，終成了絕配。

也如好茶韻，香氣久遠常飄香。

輯四、昨日風景──

天地之窗

春天，是四季的第一扇窗。

一旦開啟，夏秋冬緊追在後，從此，萬紫千紅，熱鬧非凡。

偏鄉漁村太美了。海的每一天，彷若和天空戀愛著，纏綿繾綣，千變萬化。

凜冽沍寒漸漸走遠，庭前植栽爭相翠綠。聖誕紅迤邐裙擺、橫跨春天，紅的過火，點綴了尚青澀的初春。春天帶著關懷，溫暖了大地，喚醒百花開，望著狂凸的枝頭，一點一點抽芽泛綠填滿。百鳥爭鳴，群花爭奇鬥艷，它們應該很喜歡春的怒放！粉墨登場，爭相裝扮著紅塵這件春的衣裳。

最最期待緬梔花開放，一種俗稱「雞蛋花」的樹種，綻放於春夏，冬眠於秋冬。站立清冷冬天，梢頭一片葉子也不留，只剩鮮明線條，遠觀像羊角，所以也稱「羊角樹」。盛夏花開時，其香味特殊典雅，花香揚千里，配合它的鵝黃色澤，稱它「國色天香」，實當之無愧。

由故鄉嘉義市，輾轉移居他鄉都會宅居有數次更迭。就以最近喬遷不久的漁村最令人銷魂，處處有景。當然，減輕貸款壓力最是迷人。雖，離上班地點有點距離，又不方便以機車代步，所以必需輕軌、捷運、公車交互搭乘，卻也不寂寞。在無數搭輕軌的日子，環顧周邊秀麗景觀，猶如聆賞日本風光旖旎，車速平穩聲聲慢…玲瓏的山、霧白的海…不覺中已陶醉…。再則，搭公車的搖晃有如海盜船，必需練就一身平衡好功夫，否則，稍不留神即閃腰、頭昏、人疊人…，再說，捷運則是都會叢林，進步的必然交通神器。…凡此種種，在在都是偏鄉美的元素，缺一則走味。

朋友素貞形容：「妳居住環境太完美，跟本不用買車，雖然遠一點，輕軌下車就到府。樓下等同是妳的車庫，用車時，有駕駛代勞…太方便…。」舌燦蓮花下，一席話，瞬間，釋懷我心，不再耿懷於路途太遙遠。

大自然美景永遠都在，花紅翠綠也常駐，若不用心珍視它、親近它，等同不存在。若不聆讀它，美麗和壯濶只是一種習以為常，視若無睹，可惜！多半時候，大部分人容易習焉不察，忽略東忽略西。因為忙碌，容易錯過生命中的咖啡香；因為忙碌，容易錯過大自然的山水美。

花草是有生命的，與之對話，它可以撫平憂傷困惑；大自然也是有靈性的，面對它，可以傾訴妳的挫折與憂傷，然後癒合舒坦，放下。

春天，更似希望點點小帆兒，總是披紅罩綠好時節。

原來，美的力量，甦醒了乾涸靈魂，解渴了異鄉心。

夢之河

人生，因夢而真。

痛苦的人，困在家裡不斷抱怨；快樂的人，雲遊四海不斷築夢。

在「沙與泡沫」一書中寫著：人的幻想與現實之間存有一處天地，唯有渴望、付之行動、跨越，才得以橫渡到達，等同夢之河。

渴望，必須具備努力、實現、眼光、力行、穿透…方成圓，而跨越──更是通往目標橋樑。每天，為自己騰出些許時間，搞搞自己喜歡的事，做做夢，安排爬山旅遊度度假，看看VT影片收收信，陪陪家人多聚聚聊聊天…，好好打扮心情滿足自己一番。自己快樂了，周邊人也同感快樂。

千萬別一天到晚愁眉不展，動輒發飆遷怒，也不知莫名所以，破壞氣氛不說，也壞了自己身子。比爾蓋茲說：「千萬不要把不良情緒掛臉上，那是不道德的」。何不善加利用人類共同資產，那就是──山與水，正視它的頻揮手盼殷殷！

坐而言不如起而行。因緣際會下，來到宜蘭聞名遐邇太平山見晴懷古步道；也是一處觀山賞雲森林步道。遊客僅需於入口處打張門票，即可一票到底。不論搭接駁車或行走觀雲棧道，沿途風景迷人，宛如仙境一絕。來回走一趟需程二小時左右。一路起伏不大，若遇雨天，滿是泥濘、寸步難行；若是晴天，輕鬆好走，緩行步道上，可咀嚼山的美、山的偉和滿滿芬多精。走在涼涼樹蔭下、蓊鬱檜木林裡，空氣清香甘甜，舒爽無比。俯瞰眼下，山巒層層、瑰麗雲海，如詩如幻！美得令人彷置夢中。時代變遷，途中，路經昔日小火車運材廢軌（現僅供觀賞用），淡淡詩意。嘆！消失的豈只是光陰？更有那深深懷舊記憶味道。曾經輝煌，被外媒票選為全台二十八條最美小徑之一。路旁山澗的小溪不斷唱著古老山歌⋯⋯，只是，不見昔日威猛酋長、熱情火舞和處處的烤乳豬；早已告別弓箭、祭神舞、咒符年代。山胞(現泛稱原住民)世世代代靠的是山神保護，也是精神支柱。看似封閉蓊鬱山間，於平地人頻繁上山及網路通達潛移默化之下，步步接軌文明。不變的是，山胞仍保有禮貌、拘謹、好客個性，最吸睛是──零星聚落和路旁攤販仍存在。

因為嚮往，所以搭姐姐的車由台北穿越雪隧，來到渴望已久的太平山，接二連三樂此不疲，終於圓夢。回程，就讓夢之交響曲，同泥巴和著原鄉草之味，一起放入心靈口袋帶回家。築個夢工場，讓一趟賞山之旅堪比西湖春⋯⋯迴盪萬千。而後，笑醉！醉笑！

誰說山水太無趣，癡等知心添顏采！

莫道紅塵太蒼白，千山有水千山美！

肩膀

家有賢妻，夫無橫禍；家有勇夫，一世無災！

一夫當關，萬夫莫敵。人說：不一定嫁千嫁萬，但一定得嫁個鋼鐵肩膀。

拂曉清亮，就像青春歲月繽紛無敵。藍天底下，一堆鳥兒由四方樹叢飛奔而出，啁啾啁啾鬧個不休。讚嘆！好個春光媚人啊！

小華完成學業後，約莫廿四歲左右，進入職場，初試啼聲，貌美、白皙、善解人意、低調靦腆，不懂人間愁，不曾談過戀愛，對未來滿是憧憬。

廿六歲時，一心嚮往美好前程，編織著未來的夢，凡事感恩。廿八歲，天雷勾動地火，遇著生命中真命天子，一頭栽入甜蜜愛河床。從此，柴、米、油、塩、醬、醋、茶，開門七寶樣樣來，學得精準又道地。享受的是有人疼愛和婚姻美好碩果。

貿易公司的日子，就在上班下班中，日復日年又年。天真過著人人稱羨朝九晚五的日子，倒也樂在其中。單純的她，平常忙碌，相信人性本善，讓她疏於警覺周邊動靜，只覺得OA辦公桌後方老闆處，彷彿常常有一對如星星眸子般暗暗窺視她…。甩甩腦門…，或者想太多，沒事的。

青春花朵人人羨，又是多少人覬覦而不察覺，只當是一份理所當然。而，職場文化難免高高低低，尤其，最是討厭性騷擾這三字，不但令人不舒服，亦是一輩子夢魘。某年某月某一天，那坐在後方的老闆竟提出要求，借故討論新年度政策方針和預編，相邀附近中午共餐，她也不疑有他，於是，禮貌性地點點頭。

餐畢，老闆又提出，吃太飽用走路回公司，也很合理。於是，二人就這麼聊著聊著，途經一處招牌掛有「休息」霓虹燈店家。老闆熟門熟路地提出同往一起討論工作，順喝杯咖啡。當下的她，並未意會過來，跟之後隨，當快踏入門口剎那，猛抬頭，一小時$多少錢。她突然驚醒，了解那是一處邪惡、藏汙納垢的齷齪地方。尤其，在那個「午妻」昌盛年代，腎上腺素立馬發出飆升訊號─小心，身邊有鬼。於是，奮力推開老闆。轉身悻悻然奔回辦公室，驚魂甫定，也沒勇氣理曲直，只為保一口飯，因為，他是老闆，掌生殺大權，就這樣心臟噗通噗通地隱忍到下班。回家，狀告另一半。老公聽了後，只見他悶不作聲，不吭不哈，彼此靜靜晚餐、梳洗畢，以為他不在乎。那一晚，二人就冷戰，抱著棉被，各懷心事地數著星星到天亮。

終於，熬到晨起，梳妝完妥後，逕自惶惶然前往公司。也未見平日體貼、接駁上班的老公。誰知未進辦公室門，己聽到老公熟悉的飆罵聲：「…別欺人太甚，以為你有權有勢就可以肖想人妻，下次再犯，試試看，看你是要斷手或斷腿，或乾脆閹掉、或開一場記者會，上上「三周刊」封面！」說完話關掉攝影機，再用力捶二下桌子。衝出時，正好撞見進門上班的小華。鐵青的臉對著她，用堅定眼神撂下狠話：「妳就給我繼續上班，看他能把妳怎樣？」說完即氣鼓鼓登上他的愛車呼嘯而去！

感動！天地正氣，的確可以擊退魔鬼。冷空氣中，只剩面色驚恐的老闆和滿地錯愕眼神。威武啊！此刻，筆者不禁想高喊，有肩膀的男人最帥，渣男就該遭殺千刀凌萬剮下十八層地獄，永世不得超生。這時，小華滿滿窩心，才為自己昨晚誤解丈夫冷漠而汗顏。

丈夫如山，扮演的是一個家庭五百萬大傘角色，不但擋風遮雨，亦是溫柔港灣。面對一口飯之前，不卑不亢，理直氣壯。女人最大幸福，是嫁著一個好丈夫。責任和肩膀是永遠的力量，也是永遠的靠岸。在不憂懼不惶恐環境下默默成熟、悄悄美麗。好丈夫，除了讓女人覺得踏實、安全感外，還能掌握未來，處處有夢。

有擔當的男人，遇事不逃避、不畏懼，要有勇於承擔的勇氣，才能解決全家問題。家是二門合成，角色也是相對，為妻的也要做到對丈夫尊敬，以夫為天，順從、仰慕，在一個家，讓丈夫感受到應有的尊榮，需要他時，才能期待他扛天扛地、衝鋒陷陣；而沒有擔當的男人，通常可由以下窺出：茶來伸手飯來張口搞沙文，缺乏反省，凡事挑剔、嫌東嫌西、嘮叨不停，比女人還女人，讓女人覺得很不靠譜；再則，小題大作，對外油嘴滑舌，對內惜言如金，吝嗇小氣，漠不關心，遇事逃避，袖手旁觀，處事沒方法，做人沒底線，碰到問題總是愈搞愈複雜，搞得天翻地覆，反而增加問題困難度，徒增反效果。

事件後，恫嚇果然奏效，不但老闆有被教化到，不敢再叨擾她，同時也提醒保護了同事。小華的際遇，就在愛的屋簷和夠猛老公羽翼保護傘下，平安做到進入公家機構。告訴自己，人非聖賢，孰能無過，最後，小華選擇原諒那位童山濯濯中年老闆。

從此，掃除陰霾，對人性不再誠惶誠恐，重拾信心，投入教養機構，專心教導殘缺生命，建構生命美好，做個快樂職場旅人。

知心

好友勝靈芝，損友猛如毒。

相處舒心、相談甚歡，是朋友最佳的閒暇嗎啡。

專家言：和舒服的人在一起，就是最好的養生，只有頻率相同的人，才能洞悉彼此內心深處的那塊優雅田地，讚美它、欣賞它。讓時間在不知不覺中快樂流逝而不知。找到一個讓妳覺得舒服的人聊談相伴，勝賺一桶金，勝吞一堆保健食品。

養身在於「動」，養心在於「靜」。和舒適的人在一起，內心平靜，不波濤起伏，像一條小溪緩緩流，話語怎麼說、怎麼接、怎麼都對。和不對的人在一起，怎麼說怎麼錯，如臨深履薄，得小心應對，唯恐踩到地雷，跌到鼻青眼腫，一刻也不得安寧；和不對的人在一起，如同坐針氈，渾身不自在，片刻也難安。看對方的三講四漏氣，真替他捏把冷汗。一場話談下來，還要仔細判讀哪句是真、哪句是假？彷彿諜對諜，好的細胞也死掉不少。久而久之，體內累積毒素，等同自我慢性毀滅。像這樣的朋友就別勉強，應速速遠離，免得傷神又傷身。

易經上記載：水流溼，火就燥。誠如，夫妻關係。表面風光是給別人看的，感覺舒適與否，舒不舒服自己最清楚。就像一件衣服尺寸大小，穿得舒服自在最重要，不一定名牌掛帥。好的夫妻關係或朋友關係，得以養長命百歲而無憂。

人群中，也不必為了擠不進某個圈圈而自卑、沮喪、憤怒。費力不討好的朋友，不值得探索、追尋、等待。頻率不對朋友，說起話來違心論一堆、謊話連篇，總是以比較級開頭，不是抱怨批評，就是負面情緒一籮筐，常自詡自己是千里馬，總遇不著伯樂，一把眼淚一把鼻涕。搞到聽的人心力交瘁不說，又彷彿成了被動心靈吸塵器，一頭栽入其情境中，同感憤怒，勸也不是，安慰也不是，更賠上了不健康，吃再多保健食品亦惘然。這樣的朋友，不用考慮也要立刻排除。一個疏於內省又聒噪的人，又豈能談精進豐收？

人生苦短，過好自己。你若精彩，蝶兒自然銜春來摘採。

寧可遷就低頭草，也不強追天上雲。相處起來費勁、貢高我慢、言不由衷的朋友也一定得立可拋，切勿將生命浪費在一堆垃圾上。愉悅的朋友，如展開心靈翅膀，無所侷限，終得以讓思維任意展翩翩，飛東飛西皆順暢。

無論職場或朋友間，和磁場對的人往來，如同為自己打造一座心靈舒適城堡，這才是養生好藥引和交友之道。好友勝靈芝，損友猛如毒。

「損友」相聚，分分秒秒也無趣；「知心」天天，吟詩賞雪上山巔。

幽默，等同智慧進階

人我間最高境界惟「懂」字。

發現美好，才是和心靈真正的邂逅。它是：知足、幽默，樂觀、欣賞、惜福、感恩的大組合。縱然人生有苦，也如茶一杯，苦一下下而已，不會苦一輩子。熬得過，苦盡甘來。熟能生巧。因公事久久才執行一次，就沒給它牢牢記住。於是，再請教笑華。「下次再問，我就是小狗狗！」無限靦腆對她拋下這句。

「妳做狗不是已經很久了？」這是一大早和同事笑華的你來我往，乍聽下，怔住幾秒，後來搞懂，原來是二人生肖同屬狗，遂笑成一團，雖然她有一半是鳳凰甩尾。一句話的解讀在個人，這句話，有的人可以曲解，當下賞你一拳，有的人可以會心一笑。端看個人職場歷練程度夠不夠、智商高與低，還有，彼此交心程度。

一句話可以是春風，可以是雷雨。人際本質鐵律是—人性。搞懂人性，一切好說。人性攸關善良與否?善良的人凡事解讀皆正向正念，一笑破千愁；負面思考的人，凡事敵對緊綳，即使好事到手也崩解。

好的人脈，不是你利用過多少人，而是你幫助過多少人。好人緣，不是有多少人認識你，而是，關鍵時刻，有多少人願意真心幫你、聽你。職場文化和人脈管理一樣，必需用「心」澆灌經營，動輒發飆，就像庭前青蔥綠意，因一場強颱，瞬間草木「哭」溪乾涸。

一把刀，靜靜躺平台，端看握柄人如何使用它。如：醫生執刀是為救人，屠夫執刀為宰殺，家庭主婦執刀為烹煮。同樣的一句話，一體二面，也如刀一把，正向解讀如花燦一朵，緩緩綻放，溫暖語句療癒人間療癒心；若惡意看待，即使春天也是寒流逼人，令人進一步退三步。

人際關係說的白，就是「心裡」距離。一般凡人都戴上一層假面，碰觸不到對方熱騰騰一顆心，和這種人相處，太累、太沒成就感；反之，坦誠相見的人，直白說，就是沒心機，裸裎一顆紅心，一站到底，和這種人交往不用設圍籬，一眼窺到紅心，談天說地，輕鬆沒負擔。

江山易移本性難改。百分之八十五的人在本位主義堅持下，很難改變自我，除非受挫。而，挫折往往才是固執人轉彎的方向盤。所以，挫折方為前進動力引擎。終於，了解人我間除了要智商、情商以外，尚要讀懂人性之竅門。人脈管理上，切勿太卑躬屈膝、矮化自己，如此，容易讓小人自大，習慣剽悍。

凡事不惑於心、不困於情。經營好人際關係，不是讓別人不敢欺侮妳，而是暢通周邊業務，也是修磨心性，臻至圓融順安。黃帝內經說；百病生於氣。生氣不但對身體不好，亦解決不了事情，治絲益棼，所以，一句「算了吧！」才是最受用的話，退一步海濶天空。莊子有云：人生天地之間，忽然而已，如蒼海一粟，何必苦思營懷……。

人為一世榮，草木為數秋揚。即使天再高，對人而言，充其量也只不過是三尺。亦舒說：面子，是一個人的最難放下。適時低頭，才能昂首。低頭、彎腰，側身更是英雄三樣寶。懂得融會貫通，贏了裡子也贏了面子。

只為「真理」低頭，不為輸贏強出頭。茫茫人海，芸芸眾生，能具備三低頭法則真英雄。一、是向年齡低頭。年輕時可熬夜，年輕時可無限量濃茶又咖啡，到了一定年紀，因身體的侷限退化，必須按表超課，減量不喝或恪遵生活規律。只有健康，方能創造美麗，二、是向驕傲低頭。人外有人，活到老，學到老。今日紅花，明日黃花。滿招損，謙受益。生命之前，沒有永遠的強人，只有歲月凌厲，三、是和卑微低頭。不和卑微、無知計較、扶人之弱、見苦知福。

職場，即是修行道場，真高手都懂得低頭彎腰。蹲下，方能看到別人的好、自己的過；真高手是放下別人的錯，解脫自己的心。一個團體，人多難免口雜理念不同、是非混淆。所以，結交幾位知己幾個真心相互切蹉，不樹立敵人，廣結善緣，方是順暢職場最大公約數。

塵世一回，人品、責任、柔軟是最硬的人際底牌，適度幽默、善解，則是人群中最王牌的潤滑劑。主播台上，播報新聞時，偶而穿插一、二句台語，令人會心一笑，生動加分。用「慢活」理念，為自己優雅後半輩子「把脈」修復，調心、養心，將年輕時的瘋狂慢慢縫合、填補，好好享受餘生。再回首，有得失、有功過、有喜悅…。

讓人生下半場，在隨時修正自我下，就能享受之前存檔的人際關係儲糧，慢慢品，慢慢吟……。忘了悲！忘了痛！而后，數著歲月斑斑話曾經；而后，謝天！謝地！謝自己！

輯五、野地炊煙—

相約吧！貴州内蒙古去。

三月滿山遍野杜鵑鬧，點點白、點點粉⋯

寬廣無邊草原上，夕陽迤邐的遠方，

忽然，駛來一部馬車，上頭蒙面女郎，

揚鞭馳騁噹噹噹呼嘯而過，奔向駝紅落日，

風沙捲起她烏黑秀髮，留下串串野性

輕笑—

「玫」好人生自己塑

萬紫千紅處處開，最是哀怨不及玫瑰美。

紅塵大千，是由「美」展開。會計領域以外的揮灑，那是一處人間有情天。她，是一位專業會計師，閒餘之暇，剛柔並濟，躍奔紙黏土的藝術叢林，描摹山水花鳥世界。泉湧不斷的作品，透由其簡任官夫婿泊來辦公室，分享同仁，朵朵吸睛奪目，一片驚呼。

只要用心，日子就在平淡流瀉中常常出現感動。尤其，那日與它相遇—鮮豔翠紅紙黏土玫瑰，心中竟有小小悸動，遂將之投入瓶中一撮白的同種花，那白裡一點紅，站立辦公場域，竟是那麼驕傲突出，典雅肅穆，彷彿一群會呼吸的花鳥爭奇鬥艷。

快樂過每一天，讓天天是禮讚也是恩典。欣賞每天的奇特，發現每日有驚奇。藝術無國界，關於美—或音樂或書畫…，不同人有不同詮釋。尤其，經由一位女會計師手裡捏塑出的紙黏土玫瑰，更加傳神、討喜迎春，有姿有色。顯見人人胸懷一本藝術的書，就像上帝之手，一經打開，霞光萬丈，彩繪人間。

職場氛圍重和諧，一個公允正派的單位，從上到下氣質相濡以沫，努力公務以外，加以藝術薰陶，上敬下、下尊上，謙和有禮、上行下效，一團和氣，欣欣向榮。

談及紙黏土傳奇，起源於十八世紀法國巴黎。最初作品都是人形藝術品，輾轉傳至日本，終於開發成功各色各樣：有山水花鳥動物、麵包花、蛋糕…等各形狀創品，款款動人、活靈活現。迄今，得以企業化模式經營。幾經萬年演化多元後，可惜，那傳統捏麵人手藝，于後來漸漸失傳。

紙黏土成份有紙漿、黏土或瓷土為主部分。再加以黏著劑石灰等次成分，更精簡成分則是介於石膏與陶土間，特點是可塑性極高，無毒，不污染環境，不須燒烤即可陰乾成型。是一種欣賞、實用兩相宜的藝文技術，活潑、高雅、栩栩如生。顏色多樣，或買現或自調均可。由作品中，可窺得一個職場女人的稟賦冰雪聰明巧思，明亮動人，昭告春的腳步已不遠。

身懷藝文細胞的人永遠不寂寞。因為，腹有墨水自飛揚。心有美的圖騰千萬千，放眼皆詩篇，自成一小宇宙。探觸過程，動靜間，可養一個人浩然正氣，逐山川風月情，寫詩人傲骨心…，結合柴米油鹽…，創設出一位出眾職業婦女的堅忍與不凡，兼容家庭秩序之美，不失為藝術傳承的推手，處處綻放，亦是另類策展人，並從中得到一份快樂與自我肯定。享受工作之餘，由工作中得到藝術薰陶帝王級般的享受。是心靈最崇高境界，也是穩定家庭、社會力量之一。

自古以來，凡以「藝術」結合的軟硬體作品，均能流名青史，千年萬年，大放異彩。如杜拜的宏偉大樓、台灣聞名遐邇、壯闊的一〇一、馬來西亞的黑風洞…。揆諸現今的西方鋼鐵建築因缺乏「溫柔」元素下，走向己快泡沫化，漸漸改由兼具藝術元素建築取而代之。扮演時代的力量與角色，舉足輕重，歷史自會有定位，千年萬年。

我國史上美學定位大師漢寶德作品不勝枚舉，強項是運用檜木與紅磚…等元素，融合自然，山、水、田園風光，造就華人世界偉大檜木建築，一幢又一幢。尤其，近來國內另類「負建築」—坐落於內湖的「夜間風檐」，傳為美談，亦是當地居民之福。不但，享受綠地田園上的清風徐徐，亦是一處完全不被封閉的晚飯後休閒場所，格柵交錯、櫛比鱗次「類金字塔」造型，利用榫接原理，不耗一釘一鉚，精準打造出似鏤空非鏤空穿透性藝術柔美的建築。任何角度，觀月、觀星或觀賞螢火蟲…，視覺皆零障礙。見證建築美學結合藝術滲入各領域的震撼，磅礴雄偉，嘆為觀止！

手持玫瑰一朵，早已忘其自身有刺之短。花語是—浪漫、崇高、尊敬、幸福、崇拜、愛情…，運用範疇之廣泛，也有人用於演講講台、祝賀場合或結婚紀念日佈場。讚嘆！設計者，得天獨厚、鶴立雞群，創品獨一無二。其傳香久遠，更是永恆價值，也是時代美的傳承。

人外有人，一技在身，天南地北任翱翔，而，藝術——更是友善人間美的雲梯，文化的橋樑。

感恩！「玫」好人生有妳！同霑雨露。

一曲迎春話茶香

一曲迎春話茶香，朵朵白雲思故鄉。

「你給我十六秒，我給你濃醇香一整日。」茶葉如是說。這是多年前鑽研花藝池坊流、小源流時，於濃濃茶飄香現場，茶道老師說出茶葉最佳沖泡時間，也是入喉韻黃金祕笈。

掌握品茶之道，不外乎「心」和「味」。心對了，味道就對。說起茶緣起，不禁想起故鄉嘉義，赫赫有名的阿里山頂級茶葉。凡出遊上山者，阿里山茶必帶上幾包，送人自用皆可，尤其，阿里山春茶。

茶之道─講究的是功力。火候恰當，裊裊周邊，芳香撲鼻，正如炒菜煎魚，拿捏得宜就是一盤色香味俱全佳餚，也如水中魚、池中蓮，相得益彰。火力若是控管不當，則面目全非、無法入口。

茶道老師更說：經多年研究最入喉的茶品是煮沸一百度的水，泡開後，讀秒十六，再入杯，趁溫熱落喉。也是品茶最佳環境，更是最好茶韻，順口舒心。

泡茶時間運用得宜，不只茶開心，飲茶者更舒心。掌控有度，不苦、不生、不澀。一場席宴下來，賓主盡歡，顏面生光。

茶道面前無尊卑貴賤之分。茶道之美，美在一杯在手，煩惱離手；茶道之貴，貴在不論身懷多少，不擇老少貧富，人人可當它的主人。任何人倒茶動作一定得小心。輕輕，低頭俯身雙手執壺捧杯，奉上一杯香，飲者，必須低首就口。這就是茶道永不墜最高精神，也是禮貌。老師說：喝對茶不但能降血壓，對身體也有益，亦能降低百分之三十二中風機率。所以，茶道推廣，一直是時代潮流。

千家茶道千家美。茶文化起源於中國，後來廣傳世界。因信仰不同，衍生各國不同茶藝術。尤其，日本近年因養生風潮起，燃起一股品茶風，著重「幽定」之美；用心神領會，一個眼神、幾句簡單語言，一切盡在不言中，那是「含蓄」之美；靜靜享受甘醇，配上周邊一軸畫、一國樂，還有，桌上角落花一盞，那是「禮茶」之美。

遇見好茶是一種神會、一種享受；茶道更說：若遇到懂茶之人如獲上上籤。茶道美在講求簡單、素雅。幸遇知音結合時間大師，成就慢活人生。懂茶人，除了考究茶、皿、壺、水、儀軌外，還講究茶席之擺設、氛圍。當然，前人北斗七星之擺陣太繁瑣，在時間就是金錢的現今年代，已化繁為簡。談到茶序，於光線適當下，則以最順手、最方便取拿位置為最佳方位，配上一曲古典，恰似春滿人間話古早。

鋪陳茶道精神是一門深學問。以五感體悟人生哲學之道，亦是美學孿生兄弟。滿足求知欲結合時事相隨。坊間，琳瑯滿目是百變食材，隨之而上的是玫瑰料理…，而茶料理也不遑多讓，展現技壓群芳角色。

再談茶道之邏輯，更要談入口緩，倒水慢，淺嚐慢品才是茶王道。茶葉火侯不宜浸泡過久或太淺，過之與不及皆不美。放眼，超商處處，唾手可得飲品一瓶又一瓶，那已失去茶道之精神，茶是用「品」的，非用來牛飲的，所以，茶精神之維繫還有賴專家學者築起一道茶之擺放牆，用時代語言，記錄茶典故的千嬌百媚。

當然，茶之美，最是感恩茶農用心，把關一片一葉，於流逝時光中去蕪存菁，於風雨中，篩出最頂級茶葉；也感恩採茶女的辛苦，終年農忙於鄉間梯田採茶尖。晨曦微光中，也因茶人節操和堅持，讓茶道飄香千秋萬世；也讓一場茶藝展，揭開茶一生的甘醇與進階。

人生如茶道，難免苦澀，轉念，就回甘、甜美！

文字小火苗

童年，應該在草坪上追蝶、逐夢，而她，卻嗜文字如癡。

文字叢林，我像個頭頂斗笠，足踩草鞋苦行僧，尋尋覓覓、一山又一山。是落寞、是幸福、是驚豔！感恩文字歲月，讓我風雨生信心。

3C時代，網路世界，已是一本捶手可得走動電子書，迅速滿足了世代人求知慾。相對的紙本書已逐漸式微，逛書店者已渺然，看書的人更是少之又少，更甭談愛書者！然，那日，竟偶遇擦出的文字小火花，讓愛文字成痴的我驚訝不已！一位小六女孩——「迷你小讀者」李敏瑄，以她的年紀，現在應該瘋狂追逐於抓寶或3C世界遊戲才對，卻有如黑暗中一株小火苗，嗜字如蜜，閃亮動人。

單位局長室同仁金蓮小姐，因達屆退之齡，趁「二二八連假」整理辦公室私人物品，有些該泊回家的書籍，打算如螞蟻雄兵般，一天渡一點。那日，她隨行的12歲阿孫，一個本該熱中鄉間童趣的小六女孩，於一堆書中眼尖發現筆者拙作數冊。小小年紀的她，竟開心好奇提問是不是我，得知後，問可不可以借她帶回家閱讀，經應允後，就開心的把一堆書捧回。品項有：小說、散文、新詩…等。

文字，雖枯燥卻是唯美，它也是歷古穿今的橋樑，運用得宜，它就是飛花一朵。而，一個小六的她竟如獲至寶般，愛不釋手。一個愛文字、愛書畫的孩子，將來肯定是個作文高手，揮灑文武，繽紛無限。

倒帶一路軌跡，好孩子來自教養優的好家庭。這女孩從小即氣宇不凡，於近幾年來，偶而寒暑假會來辦公場域晃動，只覺她玉顏羞澀，粉嫩雙頰嵌著二盞明眸大眼，文靜乖巧又有禮。中規中矩，不吵不鬧，話雖不多，卻有問有答，也沒有同年紀的侍寵而驕與傲慢。小小身軀穿著頗出色，聽婆婆說，她外出的搭配從不假手他人，一切自己來，倒也顯出和其他小孩的與眾不同。

喜歡一句話，「綠園春草不見其長，日有所增。」文字底蘊也是如此。文字乃天賦，由小培養，加以後天探取深研，如虎添翼，那不知不覺的氣質，早己深刻骨髓，不必多說，一舉手一投足見真章。因為，唯有文字令人自信。

相由心生。文字，可以茁壯一顆脆弱的心。「心」很重要，信念影響外在。聖經上寫著：常保守一顆心；慈濟上人也說：要照顧好一顆心，才能衍生好的相貌，此定律乃千古不變。再配上優雅、出眾儀表、談吐，成就美好人生詩篇一章。

滴水穿石。時間花在哪，收割就在哪！文字力道，看似輕輕，實則千斤重。用得好，得以拯救一個人，使用不當，會毀滅一個人。所以，執筆者，字字句句是良心。切勿歪曲、偏頗，允執厥中，方能導正視聽。活用文字等同活用腦力，不但有助於人際關係，亦可活絡腦部細胞。文字不但可提升工作力，還可提升個人氣場、也可強化溝通力，文字就是表達力。處於流行貼圖的年代，信手拈來的文字才是真功夫。斜槓世紀，文字也扮演不可或缺角色，凡廣告文案、市場品牌，均要穿插些許文字助功，方能事半功倍。專家也說，退休的人，平均三個月要閱讀一本書，以強化海馬迴，預防失智症。可見，文字也是一位沉默、隱形醫生。

文字透過日記表達，它就像一個可靠祕密情人。可抒壓、可釋放負能量。闔上它，更是一個永遠不出賣你的啞友。也像一個共同擁抱祕密的友人，釋出壓力後，從此，帶著啟航的心展翅翱翔，繼續闖蕩天涯，一關又一關。

文字，可以是祝福，可以是咒語；文字，可以是子彈，也可以柔情似水。

千里的路，文字作膽。只要你願意，文字，永遠無怨無悔陪伴著你，提供你無止境的「心靈糧草」，讓你勇氣十足往前行。

文字幾經演化迄今，力量已經強大非凡，一個國家，沒有文字等同沒有文化，沒有文化等同沒有國際能見度。

星星之火足以燎原。期待，一株小小文字火苗長大後，是文字草原上的大火把，照亮大千，傳承春秋，記錄環寰之下千萬丰姿；如果文字像首歌，那麼希望敏暄一路唱著成長的歌，編織未來的夢，也平安！也精采！（謹以此篇文章，謝我一路走來的文字夥伴——擅打董紹華小姐、校對韻嵐小姐、明道先生和一群隨時提供精采素材的好朋友⋯⋯。）

故鄉的月

不經意的移居漁村，那彷佛是一處複製童年夢之鄉。月，分外的明。

晨喚。八時許，初春陽台上，暖陽曬著童年往事，手握一杯淡咖啡，思緒千里遠，一幕又一幕……。我的童年是在嘉義市城區長大。雖是市區，卻如詩如畫，有如鄉野傳奇，美得令人陶醉。

記憶猶新。嘉義市自來水廠第五區管理處的員工宿舍，是一處日式建築聚落，家家戶戶窗台都有一美人靠，共有九戶人家，每戶有寬廣前後院，後院可供曬衣、養兔兔、養雞鴨鵝……等多用途。大廠區內，除了辦公場域以外就是員工住家，幼時，對公家辦公室內濃濃公文紙的味道特有感，覺得好香，也因此，長大後，特別喜歡報紙的油墨味。當時，父親是個小主管，除十多位廠區員工外，尚有一駐廠警察巡佐也住宿舍，外省籍，夫妻倆都和睦，唯一的乾女兒，居住美國一陣子，後來由美國回國定居陪伴她倆老。在那個多子多孫年代，一家三口，似嫌短少。還好，有個佛堂當寄託，早晚膜拜，以聊度晚年寂寥。約八0年代左右，蘋果是稀世珍寶，他家佛廳卻終年飄出陣陣蘋果香，撲鼻誘人，垂涎三尺。

回顧寬敞的廠區，花木扶疏，青蔥翠綠、萬紫千紅，有隨時被修剪整齊的花草園，尤其，柔軟韓國草坪斜坡處，彷是一處孩童天然免費遊樂場。可追逐蝴蝶、蜻蜓，可滑草、還可以檳榔樹的葉子當滑板車，常被拖到屁股開花也無悔、也有簡易盪鞦韆，每當由遠而近的「吧噗」聲出現，一堆小孩即衝出買枝仔冰，一支5毛錢，還有，每逢星期六，一定有走動的爆米花車，也是小孩期盼的日子，每隔一段時間，就會有販商來兜售小鴨鴨。園區內的小河終年乾淨清澈，有抓也抓不完的小蝦、小魚、蝌蚪，雙手還能深陷軟土摸小蛤蠣，前庭是高大土芒果樹和龍眼樹，從不灑農藥，又美又甜又多汁。園區的大魚池，每逢農曆過年，池中魚就是員工的加菜福利品⋯，數不完的懷念特別多，還有，一隻專門抓偷雞小偷的土狗老虎，戰績彪炳，功不可沒。

黃昏時，有夜來香昭告夜晚的來臨，寬廣圍籬邊，水塔旁的橄欖樹下蟬雨輕輕，舞在夕陽下的金黃⋯，就這樣玩著、追著⋯，不知不覺長大了。⋯歷歷在目是幼年繽紛童趣。溜走的豈只是小時候歡笑時光，還有一份淡淡歲月滄桑。

北上十幾年後，偶然回鄉路過，那水廠園區，己然高樓林立，清淺小溪也被填為平地。獨不見昨日的故鄉美，悵然之心，著實失落。

當時年代，家家戶戶人丁興旺，就醫不方便，經濟考量下，人人身懷一經驗法則，那就是就地取葯材，充當蒙古大夫。有降血壓、降火氣的藥草⋯，一壺水搞定，種類有：退肝火的五斤草、左手香、地瓜葉、椰子水、苜蓿、退燒的絲瓜水⋯，尤其，五爪金鶯，長有五爪型葉片，專攻降火氣、青春痘、肝膽等惱人雜症，煮水喝奇苦無比，良藥苦口，只要入喉，藥到病除，安全又有效。

現代人，老天的美意，大部分都辜負了。天地間其實蘊藏許多自然療法，誠如人體自帶治病穴道一樣，小病輕鬆自個兒微調，省事又養生。E世代，只因忙碌偷懶，看西醫較快，讓世間人忽略了自體療癒本能，捨本逐末，治標不治本，致國粹手診穴道日漸失傳；再談，野地飛禽走獸，也自有一套求生本能。若牠們身體微恙，會自行覓尋療傷止痛的藥草。尤其，紅蘿蔔是小白兔的百寶丹，自覺狀況不對，會逕行躍入草叢中尋寶，啃上幾支，立馬又活蹦亂跳。

凡動物抒壓方式迥異，而我的心靈雞湯，則是文字。在父親飽滿的國學薰陶下，每當心頭有事跨不過時，圖書館或書本小舖、舊書攤、或父親幾句哲理的話：便是解我情緒出口之藥引。哪個年少不懷春？當時，正值青春期的我，又瓊瑤小說盛行年代，愛情故事豈能放過？望梅止渴也行。買不起書，只好等待，排隊租借，瘋狂到，甚至預約下一本何時出版？也因此對愛情的盲目憧憬，在婚姻路上跌上一大跤。醉過，方之酒是騙人的，那只是短暫麻痺，醒來還是痛，一點都不美。天底下根本沒有愛情這檔事，唯有為三餐忙忙碌碌。

幼時遊玩方式很傳統，每逢過節，一家和樂融融，兄弟姐妹間，有的玩橋牌、撿紅點、大老二、有的玩剪刀石頭布、丟砂包、跳毽子、有的跳繩、尪仔標、躲貓貓、彈珠；還有，空曠處放風箏、圍籬外半山間休耕田地上的用水灌肚伯仔(俗稱杜猴)、焢土窯仔、烤地瓜、野地露營，有時也隨著父母搭平快火車，到員林、二水丫公丫嬤家走動走動。上學交通工具，有的搭校車、有的騎腳踏車、有的是走路。那個年代，鮮少有人會喜歡硬梆梆文字。而沒有圖書室的拮据年代，每到小學兒童課外讀物時間，下課鈴一响，輪值同學搬出藏書，我一定衝第一，大部份同學都會搶借漫畫、老夫子，獨我喜歡有文字圖畫詩詞說解的冷門課外書。

在書種有限下，特喜陶淵明崇尚自然法則──採菊東籬下，悠然見南山的意境。借著那條不知遠近的溪流，帶領著我走向心靈桃花源秘境，深深沉醉在──田園何處有，詩中自可尋的樂趣。文中更得知為官並非他本意，所以，最後選擇在官場潦倒失意下辭官，闡述不如歸去的悲切，不同流合汙，志節傲人，堅定地以歸去來兮明志，享受閒雲野鶴的自由。

官場如戰場，另個不如意的文學名人蘇東坡，筆鋒有著充滿「浩然正氣，縱橫天下」之豪邁，常將撥亂反正之心，抒發文內，警醒世人。可憐一代文學巨匠，竟不是時代寵兒，喚不醒紙醉金迷的亂世，於官場上屢屢遭寃，屢屢被貶，在不得志之下，獨自忍受困頓、嗟嘆！若為清白故，名利皆可抛…，當時，又遭逢家變──愛妻離去，為憶亡妻，遂起文弄墨寫下「十年生死兩茫茫…，無處話悽涼…鬢如霜…惟淚千行…」千古恨的哀詞，有道是孤單苦，度日更苦。在知音難求下，看清人性，化悲痛為力量，脫胎換骨，以更堅忍的心完成「念奴嬌」巨著，借國學力量忍淚再站立，寫下字字句句的剴切淒涼、以抒官場、現實之不平。哀傷與失望之情，溢於言表。

蘇軾號稱「東坡居士」，也是天下第一文人──著有東坡全集。是宋代卓越詩人，一位兼具詩人、政治家、作家、書法家和畫家特質的文人雅士，也是美學理論家的翹楚。顯見，一個懂國學文字之人，一通全通融會貫通。

奉天地為師，以文字為友，當遇人生瓶頸，肯定不寂寞，可由字裡行間找到生命出口，突破更艱困。黑暗中，自帶正能量，感動天地！

古來，多少文字被淹沒在爭逐馬蹄聲中，掉入歷史洪流。幸於僅存古蹟中，文字，保住了民族精髓，千年萬年；國學，重整了文思脈絡，提振文化雄風；歷史，喚醒了人文良知，以氣吞山河之勢，浩蕩了多少宇宙生命。

初春早晨，正午時分，低矮茶几上，擱下微涼咖啡，搖晃著月牙搖籃椅，眺望前方波光粼粼海平面，懷鄉、憶鄉、思鄉⋯，鄉鄉入心。遠山含笑，眼前，春風輕輕拂過，深印我心深處最美的角落——竟然是想從前。

感恩文字——讓我在異鄉找到故鄉的月，找回故鄉失落的夢。

大姐與大嬸

禮多人不怪，可是，過之與不及，就成為落伍不與時俱進的都會鄉下人。

海明威說，人一生中，幼時，必需花二年時間學習「說話」，懂事後，必須花六十年時間學會「閉口」，只說該說的話。可見，說話得體是一門深學問。

世間人，慾望和嘴巴最難管理，管得住心和嘴，才算是一個分寸有節的人。禍從口出，最愚蠢的人都是由「口」自暴其短。一句話兩面刃，出言不遜，猶似吃錯藥，輕則半條命，重則喪命。話在於精不在多，傷人的話不能說、挑釁的話更不能說，不但損德，更有失形象水平。

場合中，沉默是善良的底線，話少可以藏拙；不說無謂添油加醋的話，若真詞拙，那麼就請微笑吧！免得多說多錯。迢遙人生路，學會「閉口」更是門課程。一堆人中，不恣意表態是避免爭端；不隨便妄言，是尊重，不挑撥離間是美德。尊重他人就是尊重自己，詆譭他人，最後威力肯定反噬自己。

眼觀現在職場，也不知從何時開始，同仁間的稱謂都排除0先生、0小姐稱呼，改以大姐或大哥相稱。有的明明看起來是又駝又魁又老，卻也是姐呀！哥的稱著對方。殊不知那已造成對方之不舒服。

時下，各個領域，已蔚為風潮的積非成是。有時，假日走一趟市場，也是被姐呀！姐的呼來喚去，讓領受者，深深不以為然，心中並犯著嘀咕；「妳有比我年輕嗎？妳那滿頭白髮蒼蒼、大眼袋才像個大嬸呢！沒禮貌。」雖說稱謂，只是一種泛稱，可是，真正的泛稱是要符實，不是顛倒乾坤！盲從。

地球不會因為個人而停止轉動。一般人都會自以為青春永駐，歲月恒在，看別人年華皆已老去，唯獨自己還年輕。殊不知，歲月公平，經歲月淘洗，青春一點一點流去，自己長相，體態早已不輕盈、不年輕，不但眼袋猖狂、皺紋、斑點也不客氣，一副逼人老邁，來勢洶洶而不知！

職場應對，有的一開口不是姨就是姐，已經是矮了一截，自動扣分。人生學習路，要有登高山胸襟，站得高才看得遠，活到老學到老，學習「說對的話」也是一種修為。莫因妳的出言不當，成為不受歡迎職場人；莫因你的無狀，被職場的「好人緣」永不錄用。

用點「心」更是職場人必備，除了品行、操守、儀態外，談吐芬芳亦是分數之一。觀察入微，隨時充電自己，也是續航力。讓舌燦蓮花跟得上時代，讓眼神流轉處，都是受歡迎的。保持善良一顆心，也是為地球大掃除，儲存正能量，讓地球運轉通暢零障礙。大環境要營造好的職場氛圍，不管是大姐或大嬸，一律以小姐、先生稱謂，便是恰當。

留三分口德不失言——是涵養。說話水平可暴露一個人境界和層次。

打開心窗，閉上咀兒，少說無用的話，多聽多看多微笑，徜徉多情藍天底下，做個走到哪都是一個討喜的人，也算是對地球一份貼心。

望海、望虎口二樣情

樹高萬丈，人自輝煌。

樹木，因天地風雨滋潤，青蔥翠綠，迎來百年千年；人於自己畫布上，添上良心萬歲，好好演著自己的戲碼，便是精采永恆。

望…。紅塵滾滾，不同「眺望」，不同美，望海的日子和望著虎口的日子肯定心境有別。「望」穿秋水的日子，把酒問青天，明月幾時有，是一種期盼美；無事一身輕，不談責任，只談悠閒，眼前處處有夢，那是「望」海的日子美；天天「望」著車水馬龍的對街，肩負著承擔與使命，守護著全市府同仁的晨昏，是一份「捨我其誰」的付出美！

警察，是除暴安良、維持公共秩序的公務員。職司行政中立，防止一切危害發生，也是保護人民財產於24小時的人民褓姆。身兼「多重」要角，於平時負責維護治安、民防及反恐任務；戰時，更是後備國防強大後盾。

北市府同仁，何其幸福？有你們嚴謹守護著四大出入口。尤其，仁愛路的西側正大門口，左右各有一隻鎮府的灰色威猛坐獅，及二位線星階級、輪班制亦剛亦柔英挺警察大人，採雙崗哨站警制，方便彼此互相照應，合作無間，職責是過濾閒雜人等、抗議群眾、跨年舞台的人潮洶湧及交通管制……，尤其，那個跨年夜多少人湧進的瘋狂夜晚，因為，有你們把關，讓首善之區重點辦公場所，維安滴水不漏，璀璨生光，平安又順遂。警威森嚴，佇立於那個亮點處，有如山頂雄鷹，雙眼炯炯環視周邊，英姿煥發。彰顯出—任何的角色扮演恰如其份，便是「稱職與美力」。

馬路如虎口。天天望著車水馬龍的虎口不輕鬆，雖不用如「戰備時期」的規格上緊發條，卻也必須眼觀四方，耳聽八方，全神貫注。繫周邊危安於一身，任何環節疏漏不得，環環相扣。

工作、大自然與休閒，是上班族三大主要目標。上班族不但要有強壯身子，還要有堅強意志，才能端得起糊口的飯碗，士農工商皆然，何況是警察！馬不停蹄的日子，更需要有適度休閒空間，以養明日之強健體魄。休息，是為走更長遠的路。

宦海浮沉，功名利祿，只是鏡中水月。服務人群，才是最神聖的任務。

凡，人的光芒、閱歷，無不是在一次一次淬鍊中得來。不經寒徹骨，哪來梅花撲鼻香？不同狀況，有不同應對之策，全靠平時鐵的訓練，加以後天經驗法則，拳拳到位，方能於關鍵時刻處理得當，仗仗打得漂亮，也是團隊紀律與榮譽亮眼展現。市府團隊，也因你們如一柱擎天般辛苦守候，換得日日安，月月穩，一年又一年。謝謝你們！

百家爭鳴的職場，各有辛酸各有美。

若為造福人群，寧可一肩承擔，不談望海、不談詩，只談滿滿的責任與使命。

於你們身上，彷彿看到——我驕傲！我威武！警威凜凜！

美哉！首善風光。

蛋蛋狂想曲

苦中作樂，煙雨也淒美。

初春。應該是百花綻放，一口飲盡春釀蜜酒、醉在綺麗三月的微雨綿綿。

可，憑欄處空中樓閣望下，却是蒼白無奈聲聲嘆！行人情緒飛呀飛！街道轉角處，被排隊買蛋人潮擠出美麗與哀愁！見證，今年的春，沒有春喜，只有哭泣。讓大自然見笑了！從來都是人類追著春跑，唯有，今年卻被春的探戈跳成纏綿。

一蛋難求。曾幾何時雞蛋是隨處買得到的，如今，卻成奇貨！雖說它貌不驚人，營養價值，可是男女老少每天不可或缺的最愛，也是不分貧富差距、人人吃得起的養生食品，卻在112年春始，陸續缺貨。凡國際皆缺缺之下，只好自擁一套備戰法則，或少吃或不吃，或替代品，或假日才來個蛋蛋大餐，以解蛋渴和排買之苦。

某日，下班。順手淡水小7採買了一盒白蛋。見架上獨剩一盒，開心不得了，於是，也沒問價錢，就買下並統結。

回家核帳，發現一盒一六五元十粒，天啊！似有點貴。次日，印證超商服務員，沒錯並解釋他們目前蛋價格有三種，一是六十五元，一是一百二十元，一是一六五元，剩下的那盒是最貴的。被同事天才老公酸說：聽輕音樂的雞下的蛋和聽交響樂下的蛋價當然有別，因為人家有氣質品種好當然貴。聽後，當下愕然，啼笑皆非，好像也有道理。真是混亂中完美的詮釋，於是，就釋懷不喊冤了。自我平反，自我看開，好好享受那盒聆聽交響樂的稀世珍蛋吧！

日子總是要過，但是又何奈！已夠幸福了，時代偶然「痛」一下，也只能接受。尤其，萬物齊飛漲的現代，凡電費、物價、油價、房價、稅價…無不飆之莫名，只能怪生不逢時，投錯胎。因環境、時代拮据，缺水、缺電；疫情期間，缺快篩、缺口罩…也屢見不鮮。

三月疫情剛解封時，只見「報復性」往戶外流動的人潮，一波又一波，暫拋不愉快民生缺缺問題，每人還是神采奕奕，因為，都還有一口氣在。

只要全民一心，有生命就有力量。消費少一點，慾望省一點，共體時艱，總能渡過這段不美麗的日子。可是，生意人不能喝西北風，尤其，一些咖啡小舖人潮已大不如前，各行各業，收攤熄燈的也大有人在。

最近，喜見河邊「輕軌」漸漸帶來春的訊息，眾多旅遊人潮，滾動了周邊商機，老闆們無不是笑意盈盈，合不攏嘴，衣衫依舊擺動著勤奮的美夢，我的心也跟著飛躍成路上奔騰的沙、河中盪漾的波、山前滾動的雲，同感開心。

蛋蛋狂想曲—若還有明天，我想當鳳凰于飛，展翅翩翩，不想當流落雞舍、讓人吞讓人食的小可憐，且忘了今生今世小兵立大功的噩夢一場！

景氣詭譎難解多像愛情，明明有夢，有時，卻等不到一份擁抱，撲朔迷離。望著前方的海—激動著，翻滾著、流動著⋯，美到暫時忘了愛情、忘了那粒「蛋」。

黃昏，河邊小路望海的前方，依然有你我的夢。期許，駕著風帆，共同迎接明晨一盞旭日！

此時，不去想「蛋蛋哀傷」，只想—好好坐在清風徐徐河堤上，看看山，看看海，看看人潮與落日，然後，擁著「淡淡幸福」踏月而歸⋯。

同體大悲

從灰燼中站起，加油！地球村受苦的孩子。

一心行善，莫問傷心。二二八連假，下午約莫三點左右，由台北剪髮回程，於淡水捷運站前「大都會廣場」，親睹慈濟師兄、師姐穿梭於太陽底下的人來人往，身著藍天白雲捧著土耳其震災募款箱，向路過行人逐一逐一打躬作揖勸募，臉上寫著肅穆與使命。那些日子，不只一個點，處處有大愛站點。發揮的是「人飢己飢、人溺己溺」的精神。不禁想起九二一那段破碎、慌亂無助的日子，不覺眼眶濕濡。若遇悲苦，沒有堅強信心和貴人支撐，是會令人倒下的。

禍福無常。天災人禍是天地之悲，也是人類最大不幸。一場七點八土耳其強震，因建材粗鄙不堪、建商不憑良心、建築法的不完備、導致該國數千座建物倒塌，不但，奪走五萬多條性命、十二萬多人受傷之慘劇、還埋了不少寵物…。夕間，高樓成為小山丘，哀嚎聲四起。多少人無家可歸，家破人亡，顛沛流離，分的分，散的散，死的死。晨昏顛倒，舉國秩序大亂，家不成家，國不成國，災情之慘震驚國際。

治安嚴重惡化。由於，馳援物資來得緩慢，飢餓之下，必有劫匪、搶夫。搶劫者不斷在倒塌廢墟、關門店鋪、藥店超市行搶、也在各種店家搜刮財物，搞得人心惴惴不安，兵荒馬亂。導致土耳其政府不得不宣布，全國進入三個月緊急戒備狀態，於災區加派警力軍隊駐守，嚴厲打擊犯罪不手軟。

又見人間悲苦。於災後第一時間，政府、慈濟救難人員，帶著機具、救難物資、醫護、專業人員、和救難犬…前往救災的這些畫面…，看在曾經歷九二一房屋倒塌的我，感觸特別深，那是，多麼的痛啊！

記得。九二一那年房子倒塌，正慌亂時，慈濟也是第一時間趕抵新莊「博士的家」倒塌現場，緊急架設各種平台，醫療救護站，供應災民熱騰騰三餐…。好像慈母般的身軀，日夜來回穿梭棚內外，並加派人力輪班進駐光華收容所和民安國小，負責災民起居和飲食用餐問題，成立心靈關懷站，安撫受創大人和小孩驚嚇的一顆心。

土敘震後，分秒必爭，透由慈濟師姐們不斷傳來相關訊息，得知慈濟也是第一時間送愛到現場，安撫驚慌人心，災民看到慈濟人到來，終於心安了。一份心一份力量，一場土敘強震，師兄師姐們無不紛紛解囊，為善時刻，豈能缺我和小孩的一份心？同時間，也隨喜一份小善心以回饋天地，但願粒粒成簍，積沙成塔，以濟天地悲苦。願人人一念善，能拭乾天地淚水，一解災民苦痛，撫平人間創傷。

普種福田，不離方寸。珍惜當下，此情此景，若非親聆、親睹、親受，實無法感受那大愛力量的震撼和天災無情的可怕。也在那次災難，我認識慈濟功德會，天涯海角，愛的力道是穿透宇宙的，遍及世界各角落。哪裡有難，哪裡就有慈濟，遍地開花，慈濟人各個就似菩薩化身！千手千眼化解世間迷障。

朋友還可以選，命運只能接受。悠悠歲月，為免再次崩潰，一直不太敢去碰觸那份震災傷口，儘量讓忙碌沖淡那恐怖的曾經。可是，每每看及電視報導的災難，每每傷心難抑，忘也忘不了，血淚斑斑、歷歷在目。感恩上蒼！二十多年了，讓我和家人因人間大愛力量，親友的扶持，得以堅強再站立。感動！生命的絕代風華，只要不放棄希望，終見陽明春曉、黎明曙光。

多年了，歲月之河默默，只能飲那流不盡的悲歡，雖苦澀卻淒美。因為大難，我遇見大愛，莫非是老天巧安排！讓我見證慈濟磅礴氣勢。揮開陰霾，風無聲、淚無痕，且走且學，文字路上，我寫感恩！我寫大愛！

面對命運缺口，感謝慈濟人用愛的力量填滿它，也感謝上人，眼到心到足到，踏遍地球村，用愛的甘露溶解苦難，期能消滅天災人禍，臻至圓滿平安！

讀妳

讀妳。誠如讀每個早晨黃昏，百讀不厭倦。

「我剛登山回來，三天三夜，梳洗一堆衣服後，準備喝個茶，要來慢慢享受妳的書了，別吵我！」幾句簡單，讓人信服。會打理自己的女人最有魅力，幽默的女人最吸睛。

朋友，於幾年前提前退休後，一直把生活安排的妥妥適適，越活越硬朗。百忙中，沒想到還把我的書納入她的日常休閒排程，超級驚訝！她除了夫妻間充份相信外，也常和姐妹淘們上山下海，不斷傳來精彩照片，一張又一張，張張陽光有美，那應該就叫漂亮瞬間的擷取吧！看在我們這還在職場的，真是羨慕啊！

走在假日初春早上一樓花園中，當雨滴尚凝在葉片上，閃著晶瑩珠光，草莖猶濕濕飽滿，一旁低頭小黑犬慢慢享受著草香⋯⋯，於心情頗飛揚之下，遂邀妳和靜芬清明連假，可有興趣淡水鳥居一遊，順逛逛令人聲聲尖叫的漁人碼頭。

平時，也提前退的靜芬是台中、台北二頭跑。不巧，於清明前的星期四和先生要趕回台中，無法如期赴約。於是，怕妳也打退堂鼓，小心翼翼如實轉達。

未料，妳聽聞後，不但沒後退，還立馬回一串文字：「誰怕誰啊！一個人就一個人，沒在怕的，下次再約靜芬。不過，人要守信喔！這次不可再搶付帳哦！否則我會恰妳喔！」哈哈！好怕呦！好個有個性小妮子，恰得有理，照准！成交。

磁場對的，相互成就，不對者，彼此踩踏。誰說紅塵孤單？仔細品嚐，幸福就在周邊。擁些知己真心，也能過得如小溪潺潺流、白雲飄飄然般的扎實美麗。不用刻意討好某些不對盤小圈圈或朋友，浪費生命。生命很貴的！

無心插柳柳成蔭，她是一個上蒼巧安排的朋友，偶然間相遇，竟成無話不談的知心。一個至真至簡的女子，窈窕纖纖，從不虛偽掩飾、假意迎合，或口出惡言。一個行事有節的人，即便退休，依然不讓自己身材左右擴大、橫長歪長，恣意放縱。進退得體，由其語言透出一個人的品德。也是一位能欣賞別人優點的人上人，無欲無求品自高，凡事更有推己及人、將心比心的心量，同理心超強，也是一個守分寸的人。一句謝謝是她的招牌口語，據市調──一個常將「謝」字掛口中的人，每星期壓力指數只會出現二五．八%，遇困難自有一套解方；而一個從不說謝謝的人，凡事認為理所當然，傲慢無禮，壓力指數定是雙倍增，解決也無力，生活常像毛球一團，化簡為繁，越纏越亂。重點是，不常說謝謝的人，不會懂得何謂是感恩心！所以，常錯過許多美好。

喜愛與她和靜芬歡談相聚，因為我們都是一群對生活充滿知足的人，相處起來零負擔，舒心，融洽；磁場若不對的朋友，相處起來眉眉角角，疙疙瘩瘩，隨時怕得罪東風也怕惹怒西雨，誠惶誠恐，片刻也難安。

「鏡子理論」是朋友相處最高哲學。物以類聚，你欣賞的人必定也欣賞你，心中優雅的人看別人也優雅。有一則名故事蘇東坡與佛印打禪對話—有天蘇東坡問佛印：「我在你心中是什麼？」佛印說：「是一座佛。」蘇即洋洋得意；佛印反問：「那我在你心中又是如何？」蘇以為逮到機會可挫他個平常踐樣：「你在我眼裡是一坨糞。」只見佛印仍是微笑，靜默端坐。自豪的以為如此就能殺殺佛印平時銳氣，於是飛奔地趕回家。

魔由心生。回家蘇小妹得知後，送給蘇東坡一句：「哥，你徹底輸了。照山是山，照水是水這道理，你該懂吧！他說你像一坐佛，因為他心中有佛，所以，自然你也像佛。而，你說他像坨糞，因為你心裡就像坨糞，又臭又自大，所以你輸了。」當下，只見蘇東坡像鬥敗公雞般，呆住不語。守燈塔也說，思想影響行為，行為影響口出。亦即心有所想，口必從之。不是風動，不是水動，而是心在動。

一個口出好話，懂得感恩、知足、欣賞別人的人，體內必分泌一種正向積極激素，刺激腦內嗎啡，釋放壓力，提昇免疫力，越活越有活力，越活越長壽。

「心和房屋」一樣，需要定期打掃，挪出空間，多聞、多聽、多看，保持明亮、寬敞一顆心，方能養骨子裡的高貴。乾淨人的內心，藏有上等風水和一塵不染的靈魂；世界是有溫度雙向的，你送人清風，他人必將回贈予明月。內心「修籬」，勝過物外「築堡」。心地優化，自然提升品格。

感謝方圓百里追書人和以文字相挺的朋友們，因為有妳們，我不寂寞。我當更深度鑽研，勤加播種文字這畝田，時時種感恩種喜悅，以酬天地知音！

致 慈濟一篇短文——

燭臺

……………………後記

生命。因為有你，永不晝下休止符！
苦難。因為有你，將地球包紮止血！
藍天白雲底下——
你猶似一攤張弛擴散水漬，
　遍布天下黃土，
也似燭臺一座，照亮地球村各角落，
　拯救支離破碎，
　修補殘破城池，
　撫慰貧病孤苦。
揮汗風雨路、紮根苦難中、屹立亂世局。
多少——淒風苦雨的日子、斷垣殘壁的廢墟、野地荒山的殘夢⋯，

你恆在、你一直都在，

以一個無所不在、曠世救主之姿，張開你的大披風，廣佑天下子民，

傲然立於浩瀚天宇之內，海角天涯，睇視悲歡圓缺，千秋萬世⋯。

國立中央圖書館出版品預行編目(CIP)資料

缺口，正是美の開始/ 巫守如著. -- 初版. --
新北市 ： 普林特印刷有限公司 ：
101文化創作發行. 2023. 06
186面 ; 1公分.

ISBN 978-986-98283-8-3(平裝)

863.55 112010378

發 行 人： 101文化創作
總 編 輯： 林萬得
美術編輯： 林萬得
攝 影： 詹昭海
作 者： 巫守如
出 版 者： 普林特印刷有限公司
地 址： 新北市三重區忠孝路二段38巷6號
電 話： (02)2984-5807
傳 真： (02)2989-5849
網 址： http://www.pl.com.tw
法律顧問： 江彥希
繕 校： 紹華、素華、韻嵐、素霞、明道、守如
初 版： 2023年6月初版
定 價： 200元